HEYNE BÜCHER

SCIENCE FICTION

Herausgegeben
von Wolfgang Jeschke

Ein Verzeichnis aller STAR TREK-Romane
finden Sie am Schluß des Bandes.

MICHAEL JAN FRIEDMAN

DAS ECHSENVOLK

Star Trek®
Starfleet Kadetten
Band 12

Deutsche Erstausgabe

WILHELM HEYNE VERLAG
MÜNCHEN

HEYNE SCIENCE FICTION & FANTASY
Band 06/6512

Titel der Originalausgabe
STAR TREK: THE NEXT GENERATION
STARFLEET ACADEMY # 7
SECRET OF THE LIZARD PEOPLE

Aus dem Amerikanischen übersetzt von
UWE ANTON

Umwelthinweis:
Dieses Buch wurde auf
chlor- und säurefreiem Papier gedruckt.

Redaktion: Rainer Michael Rahn

Erstausgabe bei Pocket Books,
a division of Simon & Schuster, Inc., New York

Printed in Germany 1996
Umschlagbild: Catherine Huerta/Pocket Books
Innenillustrationen: Todd Cameron Hamilton
Umschlaggestaltung: Atelier Ingrid Schütz, München
Technische Betreuung: M. Spinola
Satz: Schaber Satz- und Datentechnik, Wels
Druck und Bindung: Ebner Ulm

ISBN 3-453-10953-8

STARFLEET-Zeittafel

2264 Beginn der Fünfjahresmission der *USS Enterprise NCC-1701* unter Captain Kirk.

2292 Die Allianz zwischen dem Klingonischen Imperium und dem Romulanischen Reich zerbricht.

2293 Colonel Worf, Großvater von Worf Rozhenko, verteidigt Captain Kirk und Doktor McCoy bei ihrem Prozeß wegen Mordes am klingonischen Kanzler Gorkon. Friedenskonferenz zwischen dem Klingonischen Imperium und der Föderation auf Khitomer [Star Trek VI].

2323 Jean-Luc Picard beginnt die vierjährige Ausbildung an der Starfleet-Akademie.

2328	Das Cardassianische Imperium annektiert Bajor.
2341	Data beginnt die Ausbildung an der Starfleet-Akademie.
2342	Beverly Crusher (geb. Howard) beginnt die achtjährige Ausbildung an der Medizinischen Fakultät der Starfleet-Akademie.
2346	Massaker der Romulaner auf dem klingonischen Außenposten Khitomer.
2351	Die Cardassianer erbauen im Orbit um Bajor eine Raumstation, die sie später aufgeben werden.
2353	William T. Riker und Geordi La-Forge beginnen die Ausbildung an der Starfleet-Akademie.
2354	Deanna Troi beginnt die Ausbildung an der Starfleet-Akademie.
2356	Tasha Yar beginnt die Ausbildung an der Starfleet-Akademie.

2357 Worf Rozhenko beginnt die Ausbildung an der Starfleet-Akademie.

2363 Captain Jean-Luc Picard tritt das Kommando über die *USS Enterprise, NCC-1701-D* an.

2367 Wesley Crusher beginnt die Ausbildung an der Starfleet-Akademie.

Zwischen den Cardassianern und der Föderation wird ein unsicherer Waffenstillstand geschlossen.

Angriff der Borg im Sektor Wolf 359; unter den Überlebenden sind Lieutenant Commander Benjamin Sisko, Erster Offizier der *Saratoga,* und sein Sohn Jake.

Die *USS Enterprise-D* besiegt das Schiff der Borg im Erdorbit.

2369 Commander Benjamin Sisko tritt das Kommando über Deep Space Nine im Orbit von Bajor an.

Quelle: *Star Trek Chronology* von Michael und Denise Okuda

Für Jake,
unseren neuesten Trekker

1

»Die Zündung von Planeten des Super-Jupiter-Typs«, sagte der Dozent der Akademie, ein Mann namens Pritchard, dessen wie Tassenhenkel geformte Ohren fast so groß wie sein schmales, knöchernes Gesicht waren. »Was ist das? Und warum sollte es uns interessieren?«

Ohne das geringste Zögern hob Data die Hand. Seine Freundin Sinna, die neben ihm in dem großen, halbkreisförmigen Hörsaal der Akademie saß, schaute ihn an und verdrehte die Augen. Sie dachte zweifellos, daß er die Antwort *immer* als erster kannte – ganz gleich, wie schwierig das Thema auch sein mochte.

Aber schließlich war Data ein Androide mit einem positronischen Gehirn, das so viele Informationen wie ein mittelgroßer Computer speichern konnte. Daher sollte es die anderen Kadetten nicht überraschen, daß er ein paar Dinge mehr als sie wußte.

»Mr. Data«, sagte Pritchard, der die gehobene Hand des Androiden bemerkt hatte. »Wie ich sehe, haben zumindest Sie sich so gut vorbereitet wie immer.« Er räusperte sich. »Nun, also?«

»Die Zündung von Planeten des Super-Jupiter-Typs«, erklärte Data, »ist ein Vorgang, an dem zwei Gasriesen beteiligt sind, die sich auf Kollisionskurs befinden. Einer dieser Körper muß mindestens die

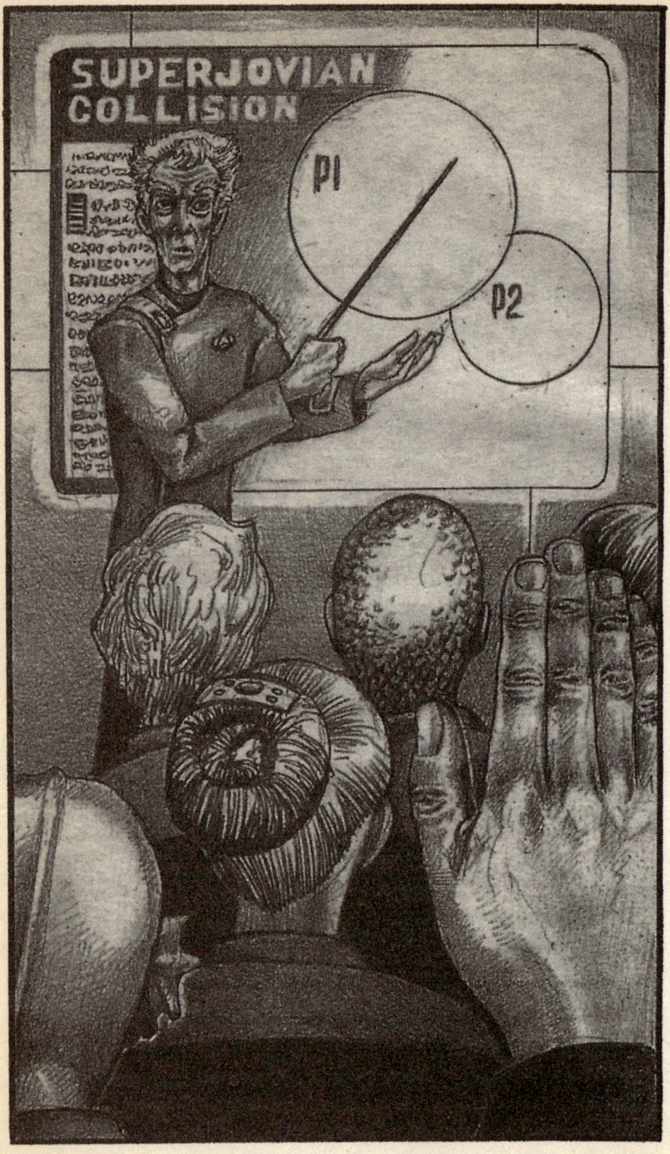
SUPERJOVIAN
COLLISION
P1
P2

fünfundsiebzigfache Masse des Jupiter haben, der andere mindestens die zehnfache Masse. Wenn solche Planeten mit genug Wucht zusammenprallen, könnte der größere der beiden so schwer werden, daß eine Fusion in Gang gesetzt wird und er zu einem neuen, kleinen Stern wird.«

Der Dozent nickte anerkennend. »Ja. Genau richtig. Und welche Bedeutung hat das für *uns?*«

Diesmal hoben sich eine ganze Reihe von Händen, darunter auch die Sinnas. Doch Pritchards Blick blieb auf Data gerichtet.

»Fahren Sie fort«, sagte er zu dem Androiden.

Sinna räusperte sich leise. Die Streifen, die hinter ihren Ohren von den Schläfen bis zum Nacken hinabliefen, nahmen ein noch dunkleres Blau an – ein weiteres Zeichen für ihre Frustration. Data ignorierte seine Freundin jedoch und gab die erbetene Antwort.

»Als Starfleet-Offiziere«, erklärte er, »werden wir vielleicht einmal Zeuge dieses oder eines ähnlichen Phänomens. Dann müssen wir erkennen, was sich ereignet, und den Vorgang mit den entsprechenden Sensorinstrumenten aufzeichnen. Außerdem könnte eine Super-Jupiter-Zündung Gravitationsanomalien im All bewirken und Raumschiffe in Gefahr bringen … und sogar planetare Bevölkerungen in dem betreffenden Sonnensystem.«

Der Dozent lächelte. »Sehr gut, Mr. Data. Wirklich sehr gut. Und es wird Sie freuen zu hören, daß Sie bald Gelegenheit haben werden, Ihr theoretisches Wissen anhand eines praktischen Beispiels zu überprüfen.«

Der Androide sah Pritchard an und schüttelte

den Kopf. »Nein, Sir«, sagte er. »Es wird mich nicht freuen.«

Das Lächeln des Dozenten verblich ein wenig. »Ich glaube, Sie haben mich nicht richtig verstanden«, beharrte er. »Denn Sie und alle anderen in diesem Raum wurden ausgewählt, an der Untersuchung einer Zündung von Planeten des Super-Jupiter-Typs teilzunehmen. Einer *echten* Zündung, keiner holographischen Nachbildung. Zu diesem Zweck wird Starfleet die *Republic* wieder ausmotten … damit Sie gleichzeitig etwas Raumerfahrung bekommen.«

Überall um Data grinsten die Kadetten und nickten begeistert. Sinna wirkte ebenfalls zufrieden. Doch der Androide konnte an ihrer Begeisterung nicht teilhaben.

Und er konnte Pritchards Bemerkung nicht unberichtigt stehen lassen. »Ich freue mich *nicht*, von der Aktivität zu erfahren, die Sie beschrieben haben«, sagte er.

Der Dozent sah ihn an und verzog seine dünnen Brauen zu einem Stirnrunzeln. »Und warum nicht?« fragte er.

»Als Androide«, erklärte Data, »bin ich nicht imstande, mich zu freuen, genau wie ich zu Leid, Zorn oder Zuneigung unfähig bin. Eigentlich bin ich zu überhaupt keinem Gefühl imstande.«

Pritchard seufzte und verschränkte die Arme vor der Brust. »Ach, ja. Ja, natürlich. Mir sind Ihre diesbezüglichen Probleme bekannt, Mr. Data. Ich versichere Ihnen … als ich *freuen* sagte, handelte es sich nur um eine Redewendung.«

Der Androide neigte leicht den Kopf – eine Gewohnheit, die er stets an den Tag legte, wenn er versuchte, menschliches Verhalten zu begreifen. »Ich verstehe«, sagte er. Das Verständnis der gesprochenen Sprache, sinnierte er, wäre um so vieles leichter, würden die Leute nur *sagen*, was sie meinten.

Seit Beginn seines Studiums an der Akademie vor fast drei Wochen war das Erkennen von Redewendungen ein besonderes Problem für ihn gewesen. Es war noch keine Stunde her, daß ein anderer Kadett ihm großzügig geraten hatte, er solle sich ›einen Stuhl ranziehen‹.

Data hatte genau das getan. Erst nachdem sein Vorgehen von schallendem Gelächter begleitet worden war, hatte Sinna ihm eine Erklärung nachgereicht. ›Einen Stuhl ranziehen‹ war offensichtlich eine Redewendung für ›sich setzen‹. Ein weiterer Fall, bei dem Menschen sich perverserweise weigerten, sich präzise auszudrücken.

Damals auf der *Tripoli*, dem Starfleet-Schiff, dessen Besatzung ihn vor drei Jahren im System Omicron Theta gefunden hatte, hatte er, abgesehen von Captain Thorsson, kaum Kontakt mit Besatzungsmitgliedern gehabt. Und Thorsson hatte stets darauf geachtet, Worte zu benutzen, die der Androide nicht mißverstehen konnte.

Selbst nach seinem Abschied von der *Tripoli* waren seine Erfahrungen mit biologischen Wesen begrenzt geblieben. Daher war er fast völlig unvorbereitet auf die schrulligen und unbekannten Worte und Redewendungen gewesen, die die anderen Kadetten fast ständig zu benutzen schienen.

Leider trug dies nicht dazu bei, Datas Chancen

zu erhöhen, von ihnen akzeptiert zu werden. Nach dem ›Zwischenfall‹ mit dem Stuhl schienen die anderen Kadetten ihn als Fremdling zu sehen, als Außenstehenden – und ihn daher, wann immer möglich, zu meiden. Es war ein Jammer, dachte er. Schließlich war er auf die Akademie gegangen, um die Gesellschaft jener zu suchen, die er für seine Gleichgesinnten hielt.

Wenn man eine künstliche Lebensform war, dachte er, konnte man vielleicht keine Gleichgesinnten haben. Bis auf Sinna natürlich. Und damit hatte es eine sehr ungewöhnliche Bewandtnis.

Data hatte Sinna auf dem Transportschiff kennengelernt, das sie beide zur Akademie brachte. Sie war eine von vier Yann, die in diesem Jahr von der Akademie aufgenommen worden waren.

Da die Yann eine Rasse von Klonen waren, die sich stets zu Gruppen zusammenschlossen und viel zu sehr voneinander abhängig waren, hatte die Verwaltung der Akademie beschlossen, Sinna und ihre Gefährten so oft wie möglich voneinander zu trennen. Offensichtlich hatte Sinna keine Einwände dagegen; sie war allerdings auch die einzige der Yann, die durch ihren Kontakt mit dem Androiden eine gewisse Unabhängigkeit erworben hatte.

Ihre Bekanntschaft geriet auch Data zum Vorteil. Ohne Sinna hätte er hier gar keine Freunde gehabt.

»Nun denn«, sagte Pritchard, »wir sind für heute am Ende unserer Zeit angelangt. Doch wenn Sie klug sind, informieren Sie sich über das Phänomen, das Sie im All beobachten werden.« Er wandte sich an den Androiden. »Bis auf Sie natürlich, Mr. Data. Sie scheinen schon alles über die Zündung von Planeten des Super-Jupiter-Typs zu wissen … und auch über alles andere.«

Der Androide neigte leicht den Kopf. »Danke«, sagte er zu dem Dozenten – obwohl er wußte, daß Pritchard unrecht hatte.

Es gab vieles, das er nicht wußte – Dinge, die den anderen Kadetten so geläufig waren wie das Atmen. Und manchmal fragte er sich, ob er *jemals* so klug sein würde, diese Dinge zu lernen.

Es dauerte nicht lange, bis Data, Sinna und die anderen Kadetten, die an diesem Kurs teilnahmen, auf das Raumschiff *Republic* gebeamt wurden; die Stammbesatzung des Schiffes führte sie zu ihren Quartieren. Da etwa fünfzig Kadetten an Bord waren, ging die Projektleitung davon aus, daß nur eine Handvoll *richtiger* Offiziere nötig war, um die *Republic* zu steuern und die notwendigen Experimente zu beaufsichtigen.

Schon nach ein paar Stunden verließ das Schiff den Erdorbit und brach nach Beta Arantialus auf, dem System, in dem der fragliche Planet vom Super-Jupiter-Typ bald zu einer selbständigen Sonne werden würde. Bei einer Geschwindigkeit von etwas mehr als Warp acht würde die *Republic* den Flug in vier Tagen bewältigen.

Bei einer Einsatzbesprechung nach dem ersten Abendessen an Bord erfuhr Data, mit welchen Kadetten er zusammenarbeiten würde und welche Experimente sie durchführen würden. Wie sich herausstellte, bekam die Gruppe des Androiden den Auftrag, bestimmte Masse-Energie-Umwandlungsverhältnisse aufzuzeichnen – eine genauso wichtige Aufgabe wie jede andere auf dieser Reise.

Doch nicht diese Mitteilung faszinierte Data am meisten, sondern die Tatsache, daß Glen Majors, ein Kadett im zweiten Jahr, von Captain Clark zum Leiter der Gruppe bestimmt worden war.

»Kennst du ihn?« fragte Sinna.

In diesem Augenblick stand Majors auf der anderen Seite des Besprechungsraums. Er war groß, sah athletisch aus, hatte dichtes, dunkles, welliges Haar und ein schnelles, bereitwilliges Lächeln. Er wurde von mehreren ihn offen bewundernden Kadetten im ersten Jahr umgeben – die meisten davon weiblich.

»Wir haben uns noch nicht persönlich kennengelernt«, räumte Data ein. »Doch ich habe sehr viel über ihn gelesen. Kadett Majors hat in mehreren akademischen und sportlichen Kategorien der Akademie neue Rekorde aufgestellt. Nach allem, was man hört, kann er sich seine zukünftige Position auf einem der besten Schiffe von Starfleet aussuchen.«

Sinna räusperte sich. »Ach was?« sagte sie. Sie schien nicht besonders beeindruckt zu sein.

Der Androide hingegen war entschlossen, Glen Majors kennenzulernen. Er war der Meinung, von einem so fähigen jungen Mann viel lernen zu können.

Doch bevor Data seinen Plan in die Tat umsetzen konnte, sprachen ihn zwei Kadetten im ersten Jahr an. Der eine war schlank und hatte Haar von der Farbe reifen Weizens. Der andere war kleiner und kräftig gebaut, mit dunklen Augen und einem dementsprechenden Teint.

Der Androide hatte beide Kadetten bei den Vorlesungen gesehen, war ihnen aber noch nicht vorgestellt worden. Anscheinend sollte sich das nun ändern.

»Hallo«, sagte der schlankere der beiden und lächelte sowohl Data als auch Sinna freundlich zu. »Ich bin McCall. Mein Freund hier ist Piazza.«

»Ja«, erwiderte der Androide. »Ich weiß. Ich habe gehört, daß mehrere Dozenten euch mit diesen Namen angesprochen haben.«

Sinna nickte lediglich. Sie schien sich nicht besonders zu freuen, die beiden kennenzulernen.

»Und du bist Data«, sagte Piazza und richtete den Blick seiner dunklen, fast schwarzen Augen auf den Androiden.

Data war nicht überrascht, daß der Kadett ihn kannte. Er war schließlich der einzige Androide auf der gesamten Akademie – vielleicht sogar im gesamten *Universum*.

»In der Tat«, sagte er. »Ich *bin* Data.« Ihm fielen seine Manieren wieder ein, und er deutete mit der Hand auf seine Begleiterin. »Und das ist Sinna. Sie ist ebenfalls Kadett im ersten Jahr auf der Akademie.«

Die beiden Kadetten schauten die Yanna an. »Freut mich, dich kennenzulernen, Sinna«, sagte McCall.

Sinna musterte ihn. »Ebenso«, antwortete sie.

Doch sogar der Androide erkannte, daß sie mit dem Herzen nicht bei der Sache war, und machte sich seine Gedanken darüber.

McCall wandte sich wieder an Data. »Es heißt, du wärest ein Androide. Stimmt das?«

»Es stimmt«, bestätigte Data.

»Ich habe noch nie zuvor einen Androiden gesehen«, fuhr der Mensch sachlich fort und runzelte über seiner Stupsnase die Stirn. »Wie ist das?« fragte er. Und dann, mit noch größerer Eindringlichkeit: »Ein *Androide* zu sein, meine ich?«

Data sah, daß McCall Piazza einen schrägen Blick zuwarf, nachdem er seine Frage beendet hatte. Piazza erwiderte den Blick.

»Es ist nicht leicht, diese Frage zu beantworten«, erwiderte der Androide ehrlich. »Da ich nie etwas anderes gewesen bin, habe ich keine Vergleichsmöglichkeiten zur Hand.«

McCall nickte nachdenklich. »Ich verstehe. Vielleicht kann ich die Frage anders ausdrücken.« Er hielt inne, anscheinend, um seine Worte sorgfältig abzuwägen. Schließlich schien er die richtigen gefunden zu haben. »Wenn du Hunger hast ... ißt du dann lieber Rohmetall oder Legierungen? Und lieber gewürzt oder ungewürzt?«

Data sah ihn an. Offensichtlich wußte dieser Mensch nur sehr wenig über Androiden. Aber in dieser Hinsicht war er ja wohl kaum der einzige.

»Zuerst einmal«, erwiderte er, »habe ich nie Hunger, obwohl ich manchmal der Geselligkeit halber gemeinsam mit anderen esse. Zu Ernährungszwecken verdaue ich gelegentlich eine semiorganische Nährlösung in einem flüssigen Medium auf Siliziumbasis. Doch ich habe niemals das Bedürfnis verspürt, Metalle *oder* Legierungen zu mir zu nehmen, und ich verwende auch keine Gewürze.«

Piazza räusperte sich. Data schaute ihn an, stellte

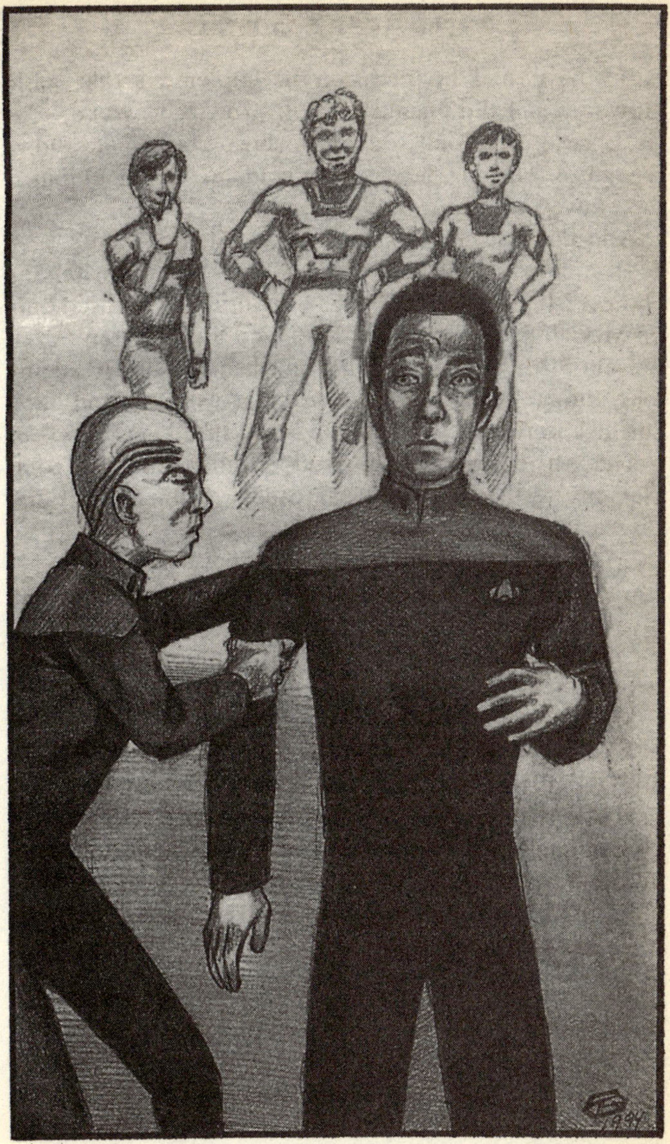

jedoch fest, daß das Unbehagen des Kadetten nur vorübergehend war.

»Und was ist mit Schlaf?« fragte McCall. »Verspürst du auch nicht das Bedürfnis, dann und wann mal die Augen zuzumachen?«

»Wenn du dich mit *Augen zumachen* auf das Schlafen beziehst«, erklärte der Androide, »scheine ich dieses Bedürfnis tatsächlich nicht zu verspüren. Meine Systeme sind so effizient, daß sie keine Auszeit benötigen. Doch ich könnte Schlaf nachahmen, indem ich meine verschiedenen Funktionen verlangsame ... das heißt, würde ich einen Grund dafür sehen.«

Kadett Piazza mußte sich erneut räuspern. »Tut mir leid«, sagte er und schaute zu seinem Freund hinüber. »Bitte fahre fort«, sagte er zu McCall. »Das ist wirklich ... faszinierend.«

»Data ...«, warf Sinna ein.

Er drehte sich zu ihr um. »Ja?«

Aus einem Grund, den der Androide nicht erkannte, schien der Yanna unbehaglich zumute zu sein. Sie ergriff seinen Arm. »Vielleicht sollten wir jetzt lieber gehen.«

Data musterte sie etwas überrascht. »Gehen?« wiederholte er. »Aber wir sind doch gerade erst ...«

»Ich bin *wirklich* der Ansicht, wir sollten jetzt gehen«, drängte sie. Den Arm des Androiden hielt sie noch immer fest. »Und zwar *sofort*.«

Angesichts der beträchtlichen Hartnäckigkeit seiner Freundin wäre es unhöflich von Data gewesen, sich zu weigern. Er drehte sich zu McCall und Piazza um und versuchte, entschuldigend dreinzuschauen.

»Anscheinend muß ich jetzt gehen«, sagte er zu ihnen. »Vielleicht können wir unser Gespräch ein andermal fortsetzen.«

»Gern«, sagte McCall und lächelte verständnisvoll. »Ach, nur noch eins, bevor du gehst, Data. Ich habe mich gefragt, wo du dir die Haare schneiden läßt. Ich würde mir gern auch so eine Frisur verpassen lassen.«

Der Androide zuckte mit den Achseln. »Ich lasse meine Haare niemals schneiden, also kann ich dir in dieser Hinsicht keinen Rat geben. Verstehst du«, erklärte er, »mein Haar wächst nur, wenn ich es wünsche, und bislang habe ich keinen Anlaß gesehen, diesen Wunsch umzusetzen. Doch sollte ich meinen Haarwuchs aktivieren, würde es ...«

»Entschuldigung«, sagte jemand, dessen Stimme Data nicht kannte. Als er sich umdrehte, stellte er fest, daß sich jemand zu ihrer Gruppe gesellt hatte.

Und nicht nur *irgend* jemand. Es war Kadett Glen Majors.

»Ich konnte nicht umhin, euer Gespräch mitzuhören«, versetzte Majors. Seine Aufmerksamkeit richtete sich lediglich auf McCall und Piazza, als wären Data und Sinna gar nicht vorhanden. »Vielleicht seid ihr zwei noch nicht so lange an der Akademie, daß ihr schon begriffen habt, wie die Dinge hier laufen. Aber an eurer Stelle würde ich mich klug machen ... und zwar schnell.«

Der Androide bemerkte die plötzliche Veränderung der Hautfarbe der beiden Kadetten im ersten Jahr. Sowohl McCall als auch Piazza waren im Gesicht rot geworden.

»Habe ich mich klar ausgedrückt?« fragte Majors.

McCall nickte. »Komm schon«, murmelte er und stieß seinen Freund mit dem Ellbogen an.

»Ja, klar«, pflichtete Piazza ihm bei. Und einen Augenblick später hatten die beiden sich davongeschlichen.

Majors drehte sich zu Data und Sinna um. »Tut mir leid«, sagte er. »Manchen macht es eben Spaß, andere zu ärgern.« Er schaute über die Schulter zu den Kadetten im ersten Jahr zurück, mit denen er sich unterhalten hatte, und blinzelte. »Zum Glück«, fuhr er etwas lauter fort, »werdet ihr am Ende des ersten Jahres nicht mehr viel davon mitbekommen. Bis dahin sind die Typen, die anderen gern Streiche spielen, ausgesiebt.«

Allmählich verstand der Androide. McCall und Piazza hatten sich auf seine Kosten einen Spaß erlaubt – eine Situation, die Sinna offensichtlich erkannt hatte. Deshalb hatte sie auch versucht, das Gespräch zu beenden.

Majors hatte die Situation anscheinend ebenfalls erkannt und zugunsten von Data eingegriffen. Der Androide freute sich darüber, daß der Kadett im zweiten Jahr ihm zu Hilfe gekommen war, wenngleich er nicht genau sagen konnte, wieso.

»Danke«, sagte Data zu Majors. »Ich ...«

Aber Majors hörte den Satz den Androiden schon nicht mehr. Er war bereits zu der Gruppe mit den Kadetten im ersten Jahr unterwegs, mit denen er sich zuvor unterhalten hatte.

»Komm«, sagte Sinna. »Kehren wir in unsere Quartiere zurück, Data.«

Aber der Androide wollte nicht gehen. Er wollte warten, bis Majors sein Gespräch mit den Kadetten beendet hatte, und dann versuchen, ihm erneut zu danken.

»*Komm*, habe ich gesagt«, wiederholte die Yanna. Sie zog ihn am Arm mit und führte ihn aus dem Besprechungsraum.

2

Erst als sie den Besprechungsraum verlassen hatten und unter sich waren, drehte Sinna sich zu Data um und schnaubte wütend. »Große Götter«, fauchte sie, »hast du denn nicht mitgekriegt, was da vorging?«

Der Androide konnte sie nur ansehen. Auf der *Yosemite,* dem Schiff, das ihn und die Yann zur Erde gebracht hatte, hatten er und Sinna gemeinsam ihr Leben aufs Spiel gesetzt. Im Verlauf dieser Ereignisse hatte er sie furchtsam, resolut und schließlich triumphierend gesehen.

Aber er hatte sie nie so überaus *erzürnt* gesehen.

»Natürlich«, sagte er. »Die Kadetten McCall und Piazza haben mich zur Zielscheibe des Spotts gemacht – aber ich habe es zuerst nicht erkannt. Kadett Majors hat eingegriffen und dem ein Ende gemacht – und deshalb wollte ich bleiben und die Gelegenheit abwarten, ihm geziemend zu danken.«

Sinna verdrehte die Augen. »Data … ja, Majors hat McCall und Piazza zurechtgewiesen – und das hat mich gefreut. Aber er hat es nicht für *dich* getan. Er wollte die anderen Kadetten im ersten Jahr beeindrucken.«

»Ich verstehe nicht«, sagte der Androide. Und das entsprach der Wahrheit. Er verstand tatsächlich nicht. Er erinnerte sich wortwörtlich an alles, was Majors gesagt hatte – keine schwierige Aufgabe angesichts der Fähigkeiten seines positronischen Gehirns. Aber er begriff noch immer nicht, worauf seine Freundin hinauswollte.

»Eigentlich«, versetzte er, »hat es mich gefreut, daß Kadett Majors ein so starkes Interesse an mir zeigte. Ich glaube, ich kann selbst von einer beiläufigen Bekanntschaft mit einem so herausragenden Studenten nur profitieren.«

Sinna blieb mitten im Korridor stehen und drehte sich zu Data um. »Na schön«, sagte sie. »Wenn du Kadett Majors so sehr magst, dann lerne von ihm, soviel du kannst. Ich verspreche dir, ich werde kein Wort dazu sagen … ganz gleich, worum es geht.«

Mit diesen Worten drehte sie sich auf dem Absatz um und marschierte den Gang entlang zum Turbolift. Der Androide war ganz bestimmt kein Experte für die Gefühlswelt der Yann, doch es schien ihm keine gute Idee zu sein, Sinna in diesem Augenblick zu folgen.

Statt dessen blieb er mehrere Minuten einfach im Korridor stehen und ließ die Blicke der anderen Kadetten und Besatzungsmitglieder über sich ergehen, die an ihm vorbeigingen. Als Data sicher war, Sinna genügend Vorsprung gelassen zu haben, betrat er den Turbolift und ließ sich zu seiner Einzelkabine bringen.

Die gesamte erste Nacht an Bord der *Republic* über saß Data in seinem Raum und dachte über die Einzelheiten der Auseinandersetzung nach, die dafür gesorgt hatte, daß Sinna wütend auf ihn geworden war. Am Morgen mußte er sich eingestehen, daß er noch immer nicht verstand, wieso sie so heftig reagiert hatte.

Wie hatte sie dieselben Dinge wie er beobachten ... und zu so unterschiedlichen Schlußfolgerungen gelangen können? Soweit der Androide es sagen konnte, war Kadett Majors' Eingreifen ziemlich ritterlich gewesen. Und wenn ich jemals ein wertvolles Mitglied von Starfleet werden will, dachte Data, ist es an der Zeit, daß ich allmählich meiner Urteilskraft vertraue.

Der Androide ertappte sich bei dem Wunsch, ein wenig mehr wie Glen Majors zu sein. Er war jemand mit Selbstvertrauen, jemand, der keine Zweifel an sich hatte. Jemand, von dem man lernen konnte, wenn man ihn beobachtete.

Und ihm *nacheiferte*.

Als Data klar wurde, wie sein weiteres Vorgehen auszusehen hatte, richtete er sich auf seinem Stuhl auf. Er schaute zu dem in der Decke verborgenen Gitter des Intercoms hinauf. »Computer«, sagte er, »wo ist Kadett Majors?«

»Kadett Majors ist in der Sporthalle des Schiffes«, erstattete der Computer Bericht.

»Danke«, erwiderte Data. Wenn er bei seinem Aufenthalt auf der *Tripoli* etwas gelernt hatte, dann, wie wichtig es war, höflich zu sein.

»Gern geschehen«, erwiderte der Computer genauso höflich – obwohl, überlegte Data, dessen Verhalten von seiner Programmierung und nicht von gewonnenen Erfahrungen herrührte.

Er stand auf und ging zur Tür seines Quartiers. Er hatte sich entschlossen, Glen Majors in der Sporthalle einen Besuch abzustatten. Und wenn es möglich war, Selbstvertrauen zu *erlernen*, würde er genau das tun.

Die Sporthalle der *Republic* war fast identisch mit der, die Data auf der *Tripoli* kennengelernt hatte. Es war ein großer, hell erleuchteter Raum mit einer hohen Decke und sehr vielen Matten, die überall auf dem Boden lagen. Darüber hinaus war der Raum mit zwei Paar Ringen ausgestattet, die an der Decke hingen, drei ledernen Seitpferden und einem glänzenden Reck, das aus Duranium bestand.

Als der Androide den Raum betrat, sah er, daß Kadett Majors senkrecht an dem Reck hing und ihm den Rücken zugewandt hatte. Ein weiblicher Kadett mit langem schwarzen Haar stand neben ihm auf dem Boden und beobachtete Majors, als er sich zu bewegen begann – er bog den Rücken fast unmerklich durch, nur um Schwung zu bekommen, und trat dann am Ende jeder Vorwärtsbewegung immer kräftiger aus, bis sein Körper sich am Ende der Aufschwünge parallel zum Boden befand.

Unter den Blicken der Frau vergrößerte Majors seine Bemühungen zusehends. Nach einigen Sekunden hatte er genug Schwung bekommen, um die Reckstange vollständig zu umkreisen, eine Leistung, die er einmal… zweimal… und ein drittes Mal bewältigte, bevor er die Reckstange losließ.

Mit müheloser Anmut sprang der Kadett einen Salto durch die Luft und brachte etwa fünf Meter vor dem Reck eine perfekte Landung zustande. Die Frau nickte.

»Ziemlich gut«, sagte sie.

Majors ging zu ihr und streckte die Hand aus. »Nur *ziemlich* gut?«

Als er ihre Hand in die seine nahm, runzelte die Frau gutmütig die Stirn. »Na schön«, gestand sie ein. »*Sehr* gut.«

»Komm schon«, sagte Majors. »Gesteh es ein. Du hast noch nie jemanden gesehen, der mit solcher Eleganz einen Salto gesprungen hat... mit solcher Sicherheit.« Er grinste. »Und in diesem Augenblick denkst du... wie kann ich diesen tollen Kerl nur ein wenig besser kennenlernen?«

Die Frau verdrehte die Augen. »Jetzt mach aber mal eine Pause«, sagte sie und zog ihre Hand zurück.

Aber Majors blieb unverzagt. Er beugte sich näher zu ihr hinüber, so daß sein Gesicht nur noch ein paar Zentimeter von dem ihren entfernt war. »Wollen wir heute zu Abend essen?« sagte er. »Nur du und ich und die Sterne?«

Die Frau sah ihn an und schien zu zögern. Mehrere Sekunden vergingen, und sie hatte Majors Frage noch immer nicht beantwortet.

Anscheinend hatte keiner der beiden Kadetten bemerkt, daß Data die Halle betreten hatte. Dieser Augenblick war genauso gut wie jeder andere geeignet, die Situation zu bereinigen.

»Hallo«, sagte der Androide und marschierte über das Meer der Matten auf Glen Majors zu. »Ich habe Ihre Vorstellung am Reck gesehen, und wie Ihre Begleiterin bin ich der Ansicht, daß sie sehr gut war.«

Sowohl Majors als auch die Frau starrten ihn einen Augenblick lang mit offenen Mündern an. Die Frau schloß den ihren zuerst.

»Data«, sagte Majors. »Was machen *Sie* denn hier?«

Der Androide zuckte mit den Achseln. »Ich wollte meine Dankbarkeit für Ihr Eingreifen im Besprechungsraum gestern abend zum Ausdruck bringen. Schließlich sind Sie ja zu meiner Verteidigung eingesprungen.«

Mit einem leisen Kichern ging der weibliche Kadett an Data vorbei zum Ausgang der Turnhalle. Majors sah ihr nach und streckte eine Hand nach ihr aus, als wolle er sie zurückholen.

»Warte«, rief er, »was ist mit unserem Abendessen?«

Die Frau warf einen Blick über die Schulter zu ihm zurück. »Mir ist gerade eingefallen«, erwiderte sie lächelnd, »daß ich heute abend schon etwas vorhabe.«

Als sie den Raum verließ, murmelte Majors leise etwas vor sich hin. Er sprach so undeutlich, daß Data es nicht verstehen konnte.

»Wie bitte?« sagte der Androide.

Majors drehte sich stirnrunzelnd zu ihm um. »Schon gut.« Eine Pause. »Hören Sie, Data, das ist ein schlechter Augenblick, um mir zu danken.« Er schaute zum Ausgang. »Ein *wirklich* schlechter Augenblick. Verstehen Sie?«

Data verstand nicht. Und sagte das auch.

Der Mensch räusperte sich. »Na schön. Sie wollten mir danken und haben es getan. Wir sind also quitt.«

Der Androide hielt den Kopf schief. »Eigentlich war da noch etwas. Ich hatte gehofft ...«

Majors sah ihn an. »Ja? Sie haben was gehofft?«

In seiner Stimme lag ein entschiedener Anflug von Ungeduld.

»Ich hatte gehofft«, fuhr Data fort, »daß Sie mir beibringen können, mehr Selbstvertrauen zu bekommen.«

Der Kadett runzelte die Stirn. »Mehr … Selbstvertrauen?«

Der Androide nickte. »Verstehen Sie, ich verfüge über keine menschlichen Instinkte. Das kann ein Nachteil sein, wenn ich Entscheidungen treffen muß – nicht nur, um zu einer Schlußfolgerung zu gelangen, sondern auch, um selbstsicher genug zu sein, sie auch auszuführen.«

Majors nickte. »Ich verstehe. Und Sie wollen, daß ich Ihnen das *beibringe?*«

»Ja«, sagte Data. »Das möchte ich. Und ich bin bereit, Ihnen auf Schritt und Tritt zu folgen, von dem Augenblick, da Sie aufwachen, bis zu dem, da Sie sich schlafen legen, sollte dies nötig sein, um mich in dieser Hinsicht zu verbessern.«

Der andere Kadett schien zu erbleichen. Sein Adamsapfel kletterte seinen Hals hinauf und fiel dann wieder hinab.

»Wissen Sie was«, antwortete er schließlich. »Am besten lernt man Selbstvertrauen aus der Ferne. Aus *sehr großer* Ferne. Wenn Sie mich zu genau beobachten, lenken Sie mich dadurch ab, und dann werden Ihre … äh … *Daten* verfälscht. Sie werden nicht mein wirkliches Ich sehen.«

Der Androide dachte kurz darüber nach. »Das klingt, als käme Ihnen meine Anwesenheit aufdringlich vor«, schloß er. »Wenn Sie nicht wünschen, daß ich Sie beobachte, müssen Sie es nur sagen. Sie können meine Gefühle nicht verletzen. Ich habe keine.«

Majors kniff die Augen zusammen und dachte über diese Information nach. »Na dann«, sagte er. »Es freut mich, daß Sie es so sehen. Wenn Sie nichts dagegen haben ...« Er schaute bedeutungsvoll zum Reck, um anzudeuten, daß er seine Übungen fortsetzen wollte.

Data verstand den Hinweis und ging durch die Turnhalle zum Ausgang. Als die Schiebetüren sich zischend hinter ihm schlossen, dachte der Androide über sein Gespräch mit Glen Majors nach.

Der Kadett im zweiten Jahr würde ihm also keine Ratschläge erteilen. Doch er konnte zumindest tun, was Majors ihm vorgeschlagen hatte: den jungen Mann aus der Ferne zu beobachten. Und wenn er Majors sehr genau beobachtete, würde er vielleicht einen Teil der Selbstsicherheit bekommen, die er suchte.

In den folgenden Tagen stellte Data fest, daß es viel schwieriger war, Kadett Majors unauffällig zu beobachten, als er ursprünglich angenommen hatte. Trotz seiner bemerkenswerten Sehkraft gab es nur wenige Orte auf der *Republic*, an denen er einen unbehinderten Blick auf Majors hatte, ohne daß der Kadett ihn ebenfalls sofort ausmachen konnte.

Doch der Androide wollte nicht, daß der Gegenstand seiner Neugier das Gefühl bekam, von ihm ausgenutzt zu werden, und gab daher sein Bestes, unauffällig vorzugehen. Und nach einer Weile wurde er ziemlich gut darin, Majors versteckt zu überwachen.

Leider konnte er nicht behaupten, daß seine Bemühungen ihm tatsächlich irgendwelche neuen Erkenntnisse über Selbstvertrauen bescherten. Zumindest noch nicht. Doch selbst Data war klar, daß manche Dinge eben einfach eine Weile brauchten.

Natürlich konnte der Androide nur einen Bruchteil seiner Zeit darauf verwenden, Glen Majors zu studieren. Den Großteil eines jeden Tages widmete er den Instrumenten und Anzeigeskalen, die er benutzen würde, um die Zündung des Planeten vom Super-Jupiter-Typ aufzuzeichnen. Und obwohl Majors während dieser Sitzungen manchmal mit Data zusammenarbeitete, waren beide zu sehr in ihre Arbeit vertieft, um auf etwas anderes achten zu können.

Der Androide freute sich auch darauf, andere Dinge zu lernen. Zum Beispiel bekam jede Kadettengruppe Gelegenheit, mehrere Stunden lang Dienst auf der Brücke zu tun. Wie der Zufall es wollte, wurde Datas Gruppe als letzte zu dieser Aufgabe eingeteilt.

Spät am vierten Tag nach dem Abflug von der Erde saß der Androide also im Sessel vor dem Pult des Steuermanns und schaute über die Brücke auf den Hauptbildschirm der *Republic.* Als er einen Blick auf seine Instrumententafel warf, stellte er fest, daß das Schiff noch immer mit Warp acht flog, der Geschwindigkeit, die es erreicht hatte, als es das irdische Sonnensystem verließ.

Doch das würde sich ändern – und zwar ziemlich bald. Das System Beta Arantialus lag direkt vor ihnen. In der Tat schätzte Data sogar, daß sie schon

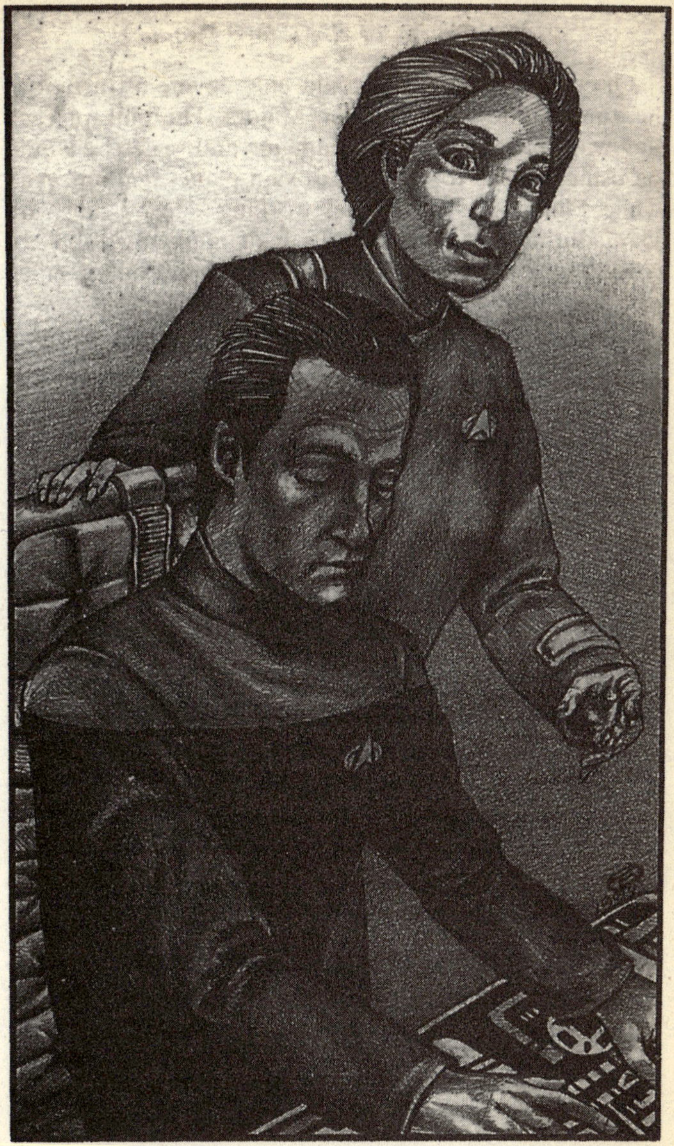

in den nächsten paar Minuten auf Impulskraft gehen mußten.

Er hatte die Berechnung kaum beendet, als er eine Hand auf seiner Schulter fühlte. Er schaute auf und stellte fest, daß sie Captain Clark gehörte, einer großgewachsenen Frau, deren langes braunes Haar mit grauen Strähnen durchsetzt war. Sie lächelte ihn an.

»Sie haben hier gute Arbeit geleistet«, sagte sie zu ihm. »Ich habe mir gedacht, Sie könnten uns auf Unterlichtgeschwindigkeit bringen.«

»Aye, Sir«, sagte der Androide. Nachdem er an seiner Konsole die nötigen Einstellungen vorgenommen hatte, bemühte er sich, dem Befehl des Captains Folge zu leisten. Einen Augenblick später sah er, daß die Streifen des Sternenlichts auf dem Bildschirm in der Länge abnahmen, als die Impulstriebwerke des Schiffs übernahmen.

»Captain?«

Data warf einen Blick über die Schulter auf Kadett Petros, die zierliche Honigblonde, die dem Kommunikationspult zugeteilt worden war. Wie der Androide und Sinna war auch Petros Studentin im ersten Jahr auf der Akademie.

»Ja?« fragte Captain Clark. »Was gibt es, Petros?«

Die junge Frau betrachtete einen Augenblick lang den Monitor, als wolle sie sich vergewissern, daß sie sich nicht lächerlich machte. »Ich glaube, ich empfange einen Notruf«, sagte sie schließlich. »Koordinaten Eins-drei-null-Komma-sechs, Sir. In einer Entfernung von…« Sie zögerte erneut. »Es scheint sich um zwei Komma acht Milliarden Kilometer zu handeln.«

Kadett Majors saß neben Data an der Konsole des Navigators. Seine Finger flogen geschickt und präzise über die Kontrollen. »Das ist nur etwa fünfzig Millionen Kilometer von den Super-Jupiter-Welten entfernt«, meldete er.

Data warf einen Blick auf Sinna, die an der wissenschaftlichen Station saß; das Licht ihrer Monitore hüllte ihr Gesicht in einen grünen Schimmer. Dann sah er den Captain an. Clark runzelte leicht die Stirn.

»Rufen Sie die Quelle des Signals«, befahl sie Petros.

Der Kadett tat wie geheißen. Doch auf den Subraumspruch folgte lediglich eine Wiederholung des Notsignals. Clarks Stirnrunzeln wurde von Sekunde zu Sekunde stärker.

Der Erste Offizier Sierra, ein stämmiger Mann mit einem dicken Schnurrbart, verließ den Kommandostand der Brücke und trat neben sie. »Wir sind das einzige Schiff in dieser Region«, sagte er. »Wir müssen darauf reagieren, auch wenn wir auf einer Ausbildungsmission sind.«

Der Androide sah, daß Clark nickte. »Das weiß ich sehr wohl, Juan.« Mit einem Blick erfaßte sie alle vier Kadetten auf ihrer Brücke. »Ich habe über *sie* nachgedacht. Schließlich habe ich ihnen die Gelegenheit versprochen, Brückendienst zu tun.«

Der Erste Offizier seufzte. »Captain …«

Clark nickte. »Ich weiß.« Sie setzte einen entschuldigenden Gesichtsausdruck auf und sah die Kadetten der Reihe nach an. »Tut mir leid, Leute«, sagte sie dann. »Das könnte ernst werden. Ich werde erfahrene Offiziere auf die Brücke beordern müssen.«

Sinna und Petros brachten ihre Enttäuschung in unterschiedlichem Maß zum Ausdruck. Doch Data verstand den Grund für ihre Entscheidung vollkommen. Hätte er das Kommando gehabt, sagte er sich, hätte er wahrscheinlich genauso gehandelt.

»Andererseits«, sagte der Captain zu ihnen, »ist es eine gute Erfahrung für Sie, wenn Sie beobachten, wie wir auf einen Notruf reagieren. Wenn Sie wollen, können Sie neben die Kommunikationsstation treten und zusehen.«

Ohne zu zögern, sprach Kadett Majors für sie alle. »Natürlich wollen wir das, Sir.«

Captain Clark warf ihm einen anerkennenden Blick zu, und der Anflug eines Grinsens legte sich auf ihr Gesicht. »Dann wäre das geklärt, Mr. Majors. Aber bleiben Sie auf Ihrem Posten, bis Ihre Ablösung eintrifft.«

Data sah, daß Majors das Grinsen des Captains erwiderte, als hätte sie einen Witz gemacht, den nur Eingeweihte verstanden. Und vielleicht war dem auch so. Schließlich würde er eines Tages selbst Captain werden.

»Aye, Sir«, erwiderte Majors. »Ich werde daran denken.«

3

Obwohl Data schon grafische Darstellungen von Asteroidengürteln gesehen hatte, hatte er noch nie Gelegenheit gehabt, einen echten zu beobachten. Das hieß, bis jetzt.

Von seinem Standort neben der Kommunikationskonsole konnte er sehen, daß dieser Gürtel aus Hunderten von unregelmäßig geformten Felsen bestand, die Durchmesser zwischen einem halben und fünf Kilometern aufwiesen. Zum Glück waren sie so weit voneinander entfernt, daß die *Republic* problemlos zwischen ihnen hindurchfliegen konnte, denn irgendwo in dieser Ansammlung der um einen gemeinsamen Mittelpunkt kreisenden Trümmer befand sich die Quelle des Notrufs, den sie zuvor aufgefangen hatten.

»Nehmen Sie die Geschwindigkeit zurück«, warnte Captain Clark. Als der Asteroidengürtel sichtbar geworden war, hatte sie ein paar Schritte in Richtung Bildschirm getan. Seitdem hatte sie den Blick nicht mehr von ihm genommen.

Commander Sierra, der noch immer neben seinem befehlshabenden Offizier stand, trat hinter die wissenschaftliche Station. »Etwas Ungewöhnliches?« fragte er beiläufig.

Der Wissenschaftsoffizier, ein Pandrilit, zuckte mit seinen mächtigen Schultern. »Von gewissen Bestandteilen der Asteroiden geht eine schwache Strahlung aus«, murmelte er. »Aber sie ist nicht stark genug, um uns gefährlich zu werden.«

»Was hat er gesagt?« fragte Sinna laut und reckte den Hals, um das Gespräch der Offiziere besser verstehen zu können.

»Er hat gesagt, daß es hier eine schwache Strahlung gibt«, erklärte Data. »Doch sie stellt keine Gefahr für uns dar.«

Die Yanna schaute zu ihm hoch. »Danke«, erwiderte sie und runzelte die Stirn. Offensichtlich hatte sie ihm seine Entscheidung noch nicht verziehen, ihren Rat zu ignorieren.

»Gern geschehen«, versicherte er ihr.

»Seid still«, flüsterte Majors scharf, »oder sie werden uns befehlen, die Brücke zu verlassen.«

Der Androide nickte und nahm sich vor, nur noch laut zu sprechen, wenn einer der Offiziere des Schiffes ihn dazu aufforderte. Schließlich wollte er nicht zu verantworten haben, daß sie von der Brücke geschickt wurden.

»Ich habe etwas«, meldete der Navigator, ein Mann mit rotem Haar und Sommersprossen, der die Akademie noch nicht allzu lang verlassen haben konnte. Seine Finger huschten über die Kontrollen. »Dieselbe Position wie das Signal, und die Zusammensetzung unterscheidet sich beträchtlich von der dieser Felsen.«

»Ich kann es noch nicht sehen«, erklärte der Captain und verschränkte die Arme vor der Brust. »Versuchen Sie, das Bild zu vergrößern.«

Alles auf dem Bildschirm schien näher an sie heranzuspringen. Unmittelbar darauf entdeckte

Data, wonach sie suchten. Er senkte den Kopf näher zu Sinna hinüber. »Da ist es«, flüsterte er.

Seine Freundin schaute zu ihm hoch. »Da ist *was*?«

»Irgendeine Raumstation«, erklärte er. »Mit Triebwerken, falls die äußere Struktur Rückschlüsse zuläßt. Sie wird teilweise von einem Asteroiden verborgen.«

Sinna schaute zum Bildschirm und dann wieder zu dem Androiden. »Du *siehst* etwas da draußen? Außer diesen großen Felsen, meine ich?«

Erst da fiel ihm wieder ein, um wieviel effizienter seine Sehkraft im Vergleich zu der eines jeden biologischen Wesens war. »Ja«, bestätigte er. »Ich sehe die Station, die ich zu beschreiben versucht habe. Oder genauer gesagt, einen Teil davon.«

Majors warf einen Blick in Datas Richtung. »Ich habe euch doch gesagt, ihr sollt *still* sein«, erinnerte er sie.

Aber es war zu spät. Captain Clark hatte sich bereits zu ihnen umgedreht.

»Habe ich gehört, daß jemand eine *Station* erwähnt hat?« fragte sie.

Auch wenn der Androide kein Experte für die Interpretation menschlicher Regungen war, konnte er keine Schärfe in ihrer Stimme entdecken. Auf jeden Fall trat er einen Schritt vor.

»*Ich* habe eine Station erwähnt«, gestand er ein und zeigte auf den Bildschirm. »Die da oben«, fügte er hinzu.

Captain Clark kniff die Augen ganz leicht zusammen. »Sie können eine Station sehen?« fragte sie. »Obwohl kein anderer sie sehen kann?« Sie hielt inne. »Sind Ihre Augen so gut, Mr. Data?«

Der Androide nickte. »Jawohl, Sir.« Er sagte lediglich die Wahrheit. Seine Augen *waren* so gut.

Die *Republic* hielt weiterhin auf ihr Ziel zu, und ein paar Minuten später wurde seine Beobachtung bestätigt. Auch wenn sie nichts Vergleichbares in den Computerdateien fanden – der Notruf kam tatsächlich von der Raumstation einer unbekannten Spezies, und sie war eindeutig mit einem der Asteroiden zusammengestoßen.

Für Data sah das fremde Gebilde aus wie eine Ansammlung weißer Tannenzapfen, die in seltsamen Winkeln aus einem diskusförmigen Objekt hervorragten. Größere wechselten sich mit kleineren ab. Einige der Zapfen schienen über Fenster zu verfügen, andere wiederum nicht. Es gab auch kleine umgestülpte Zapfen, von denen der Androide angenommen hatte, daß es sich dabei um die Schubdüsen der Station handelte.

Der Navigator schien ebenfalls dieser Meinung zu sein. Er lehnte sich in seinem Sessel zurück. »Sieht so aus«, sagte er, »als hätte das Gebilde den Asteroidengürtel durchqueren wollen, als die Schubdüsen ausfielen. Seine Trägheit beförderte es gegen den Asteroiden … und *bumm.*«

Der Captain wandte sich dem Wissenschaftsoffizier zu. »Überlebende?« fragte sie.

Der Mann schüttelte den Kopf. »Kann man unmöglich sagen. In diesem Gebiet ist die Strahlung zu stark. Ich kann nicht einmal sagen, ob die Systeme der Station noch funktionieren.«

»Niemand an Bord beantwortet unsere Rufe«,

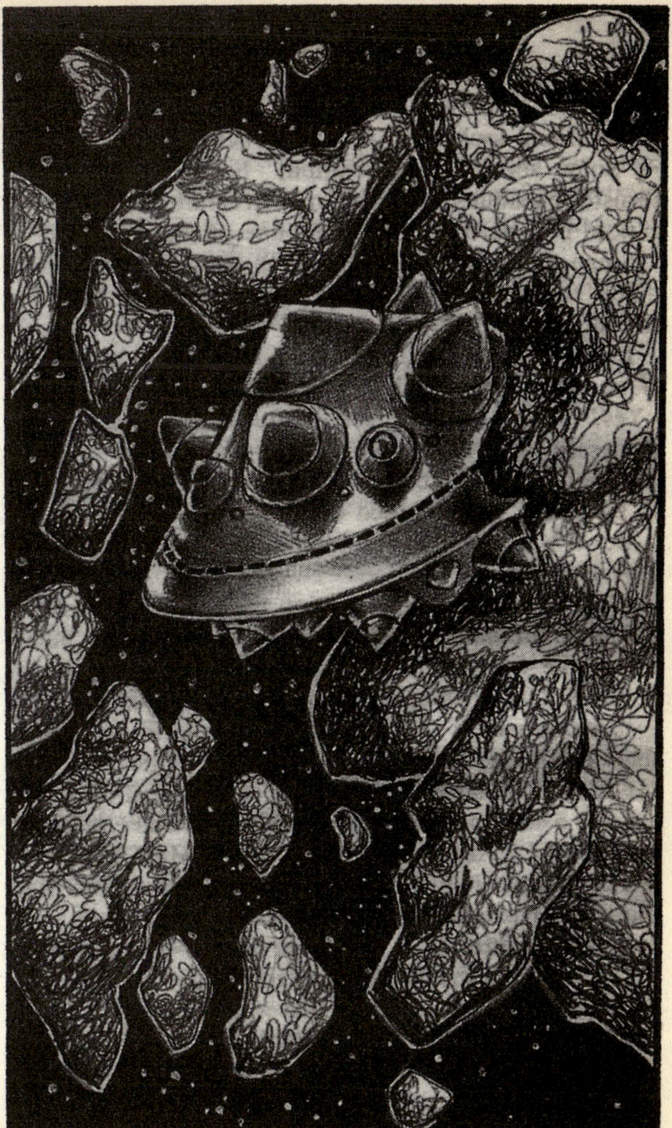

meldete der Kommunikationsoffizier, ein blonder Mann mit ordentlich gestutztem Bart. »Entweder sie empfangen sie nicht, oder ...«

»Oder es lebt niemand mehr, der uns hören könnte«, beendete der Captain den Satz, »und die Station sendet das Notsignal automatisch.« Sie runzelte die Stirn und drehte sich wieder zu dem Wissenschaftsoffizier um. »Wieviel Zeit bleibt uns noch bis zur Zündung des Planeten?«

Die Welten vom Super-Jupiter-Typ ... Data hatte sie im Geiste zur Seite gestellt und sich voll auf die fremde Raumstation konzentriert. Er kannte die Antwort auf Captain Clarks Frage fast zweieinhalb Sekunden, bevor der Wissenschaftsoffizier sie ihr gab.

»Sieben Stunden, sechzehn Minuten«, erwiderte der Pandrilit. »Und wenn er zündet, wird er diese Station und jeden an Bord vernichten, ob er nun noch lebt oder nicht.«

Captain Clark biß sich auf die Lippe. »Ist es möglich, ein Außenteam auf die Station zu beamen, damit wir herausfinden können, was dort geschehen ist?«

Der Wissenschaftsoffizier schüttelte seinen großen, blauhäutigen Kopf. »Nicht bei der Strahlung, die hier herrscht. Wenn Sie Beobachtungen aus erster Hand haben wollen, müssen Sie das Team in einem Shuttle hinüberschicken.«

Der Captain dachte zwei oder drei Sekunden über die Möglichkeit – anscheinend ihre einzige – nach. Dann räusperte sie sich.

»Also ein Shuttle«, erklärte sie.

»Ich mache eins startklar«, sagte der Erste Offizier Sierra. »Und stelle auch ein Team zusammen.«

Er war schon auf halbem Weg zum Turbolift, als Captain Clark die Hand hob. »Einen Augenblick, Mr. Sierra. Wir können dafür kein erfahrenes Personal erübrigen. Das brauche ich hier an Bord, für den Fall, daß etwas schiefgeht.« Sie drehte sich zu Data und seinen Kollegen um. »Sieht so aus, als wurden Sie soeben dem Außenteam zugewiesen. Holen Sie sich Schutzanzüge aus dem Depot und treffen Sie Commander Sierra in Shuttlehangar eins.«

Dem Ersten Offizier schien nicht ganz wohl bei der Vorstellung zu sein, eine Handvoll Kadetten anführen zu müssen. »Captain«, sagte er, »*falls* es Überlebende geben sollte, brauchen sie wahrscheinlich medizinische Hilfe.«

»Selbstverständlich!« erwiderte sein befehlshabender Offizier. »Deshalb werden Sie Dr. Steinberg mitnehmen. Falls es in dieser Hinsicht ein Problem geben sollte, müßte sie damit fertig werden.« Clark räusperte sich. »Das wollen wir zumindest *hoffen*. Dr. Steinberg ist so ziemlich der einzige ausgebildete Mediziner an Bord.«

Commander Sierra schaute drein, als hätte er liebend gern weiterhin protestiert. Doch er schluckte die zusätzlichen Einwände, die er vielleicht noch hatte, hinunter und ging zum Lift.

Data und seine Kollegen folgten ihm. Wie die anderen Kadetten auch freute der Androide sich auf die Aussicht zu erfahren, was auf der fremden Station geschehen war. Er hoffte jedoch vor allem, daß er sich in den Augen von Kadett Glen Majors nicht als unfähig erweisen würde.

Als Data und die anderen Kadetten den Shuttlehangar eins betraten, dachte der Androide darüber nach, wie selten er in seiner Laufbahn bei Starfleet wahrscheinlich einen Schutzanzug benötigen würde. Schließlich schirmten die Legierungen, aus denen er bestand, ihn vor den meisten Strahlungsarten ab, ganz zu schweigen von extremer Hitze und Kälte, und er war imstande, lange ohne Sauerstoff auszukommen.

Natürlich konnte es sich bei der Strahlung, die die unbekannte Station manövrierunfähig gemacht hatte, um eine jener Formen handeln, gegen die er anfällig war. Und selbst, wenn die Strahlung sich nicht als Problem erweisen sollte, benötigte er eine Möglichkeit, mit den anderen Mitgliedern des Außenteams zu sprechen. Die in die Anzüge eingebauten Kommunikatoren stellten diese Möglichkeit dar.

Commander Sierra stand neben dem Schott eines der Shuttles und wartete bereits auf sie. Dr. Steinberg, eine stämmig wirkende Frau mit stumpfen Gesichtszügen und braunem Haar, stand neben ihm und sprach flüsternd mit ihm.

Data hatte den entschiedenen Eindruck, die beiden Offiziere wollten nicht, daß die Kadetten ihr Gespräch hörten. Aber er konnte natürlich nichts daran ändern, daß er trotzdem alles mitbekam.

»Wessen verrückte Idee war das?« fragte die Ärztin. »Uns mit einem Haufen Kadetten ein Außenteam bilden zu lassen?«

Der Erste Offizier verzog das Gesicht. »Meine nicht«, erwiderte er flüsternd. »Der Captain schien der Meinung zu sein, sie könnten die Erfahrung brauchen.«

Dr. Steinberg schüttelte den Kopf. »Erfahrungen kann man machen, wenn man nicht unter Zeitdruck steht. Wenn das alles vorbei ist, werde ich mal ein Wörtchen mit unserer furchtlosen Befehlshaberin reden müssen.«

Sierra lächelte. »Als würde das was bringen. Sie wissen doch, wie stur sie ist.«

Die Ärztin schnaubte. »Tja, ich kann auch ziemlich stur sein.«

Data überraschte Steinbergs Mangel an Vertrauen in ihn und die anderen Kadetten nicht. Er hoffte jedoch, daß die Ärztin nach Beendigung der Mission eine andere Meinung von ihnen haben würde.

Dann hatten die Kadetten sie fast erreicht, und Steinberg und Sierra mußten ihr Gespräch beenden. Der Erste Offizier unterzog jeden seiner Schutzbefohlenen einer genauen Musterung und vergewisserte sich, daß ihre Anzüge vorschriftsmäßig geschlossen waren und ihre Kommunikatoren funktionierten.

»Na schön«, sagte er, als er sich überzeugt hatte, daß alles in Ordnung war. »Jeder weiß, worum es bei unserer Mission geht, nicht wahr? Wir schauen uns um, suchen die Außerirdischen, die sich auf der Station befinden, und leiten, falls möglich, ihre Rettung in die Wege. Leider haben wir nicht die Zeit, eine vollständige Untersuchung der Station durchzuführen. Wir gehen einfach rein und so schnell wie möglich wieder raus. Verstanden?«

Data beobachtete Kadett Majors. Als er nickte, tat der Androide es ihm gleich. Dann betraten sie das Shuttle und nahmen ihre Plätze auf den ihnen zugewiesenen Sitzen ein. Kurz darauf hatte Commander Sierra sie durch das Energiefeld des Hangars und in den Weltraum hinausgebracht.

Data spähte an Sinna vorbei, die vor ihm saß, und machte ihr Ziel durch die vordere Sichtluke aus. Die Station war nur knapp drei Kilometer entfernt – ein kurzer Flug, selbst für ein Shuttle.

Glen Majors hatte auf dem Sitz neben dem Androiden auf der anderen Gangseite Platz genommen. Data beobachtete ihn einen Moment lang, doch der Mensch erwiderte seinen Blick nicht. Er konzentrierte sich offensichtlich zu sehr auf das, was vor ihnen lag. Die anderen Kadetten in der Kabine schwiegen ebenfalls.

Nach kurzer Zeit konnte der Androide in der Hülle der unbekannten Station etwas ausmachen, das einem Schott ähnelte. Offensichtlich hatte der Erste Offizier es ebenfalls bemerkt – vielleicht mit Hilfe seiner Sensoren –, denn er lenkte das Shuttle in diese Richtung.

Data bemerkte des weiteren ein netzwerkähnliches Muster kleiner Vorsprünge in Abständen von jeweils kaum einem Meter auf der Schiffshülle. Die Annahme war logisch, daß es sich dabei um Handgriffe handelte, die Reparaturmannschaften die Arbeit auf der Stationshülle erleichtern sollten.

Natürlich mußte man sich, wenn man es mit einer unbekannten Kultur zu tun hatte, stets daran erinnern, daß der äußere Anschein trügerisch sein konnte – zumindest hatten Datas Dozenten an der Akademie diese Warnung wiederholt ausgesprochen. In diesem Fall konnte es sich zum Beispiel bei dem, was wie ein Schott aussah, um etwas ganz anderes handeln.

Doch als das Shuttle näher kam, glitt das, was wie eine Tür aussah, beiseite – und enthüllte damit, daß es sich tatsächlich um eine Tür handelte. Der Raum dahinter war so groß, daß er das Shuttle der *Republic* und mehrere weitere Raumfahrzeuge von dieser Größe aufnehmen konnte.

»Zumindest ein System dieser Station scheint noch funktionsfähig zu sein«, stellte Dr. Steinberg fest. Sie schaute über die Schulter zu den versammelten Kadetten zurück. »Das bedeutet, daß die Lebenserhaltung wahrscheinlich ebenfalls noch funktioniert.«

Commander Sierra flog das Shuttle in den Hangar. Er hatte kaum auf dem Boden der Station aufgesetzt, als das Schott hinter ihnen wieder zuglitt und sie vom Vakuum des Alls trennte. Und eine Sekunde später erklang ein leises Zischen – das Geräusch, mit dem Atmosphäre die Kammer flutete, vermutete Data.

»Wie sieht es aus?« fragte die Ärztin.

Der Erste Offizier schaute auf sein Instrumentenpult und zuckte mit den Achseln. »Scheint atembar zu sein«, stellte er fest. »Die Temperatur ist auch erträglich… und die Schwerkraft beträgt Null Komma neun acht Prozent der normalen Erdgravitation. Wäre nicht das Problem mit der Strahlung, bräuchten wir unsere Anzüge wahrscheinlich gar nicht.«

»Aber das Problem mit der Strahlung ist nun mal da«, erwiderte Dr. Steinberg, »also behalten wir die Anzüge an.« Sie musterte nacheinander alle Kadetten. »Nicht wahr?«

Sie waren alle ihrer Meinung. Dann öffnete Commander Sierra die Luke in der Seite des Shuttles und trat hinaus, um sich umzuschauen. Kurz darauf bedeutete er den anderen, ihm zu folgen.

Nach kaum einer Minute standen sie alle außerhalb des Shuttles und sahen sich in der fremden Kammer um. Wenn es sich tatsächlich um einen Hangar für Raumfahrzeuge handelte, war er jetzt leer – von ihrem Shuttle natürlich abgesehen.

Die Wände waren weiß, genau wie das Äußere der Station. Und auch auf ihnen befanden sich diese tannenzapfenähnlichen Gebilde; allerdings waren sie geradezu winzig. Data war überzeugt, daß die Wände für das menschliche Auge völlig glatt aussahen.

»Na schön, Leute«, sagte der Erste Offizier. Er zeigte auf die Wand rechts vom Shuttle, in der man problemlos die Umrisse einer Tür ausmachen konnte. »Machen wir uns auf den Weg und ...«

Bevor er seine Anweisungen beenden konnte, hob der Boden sich heftig unter ihren Füßen, und sie stürzten. Alle außer Data natürlich, und selbst *er* hatte Schwierigkeiten, unter solch ungünstigen Bedingungen nicht den Halt zu verlieren.

Genauso schnell, wie es zu dem Zwischenfall gekommen war, endete er auch wieder. Die Normalität wurde wiederhergestellt. Die biologischen Gefährten des Androiden rappelten sich auf und musterten mißtrauisch einander und ihre Umgebung. Doch das seltsame und plötzliche Beben wiederholte sich nicht.

»Was war das?« fragte Kadett Petros. Sie rieb sich den Ellbogen, auf den sie gestürzt zu sein schien.

»Gute Frage«, erwiderte Commander Sierra. »Ich vermute, daß das Antriebssystem der Station nicht völlig ausgefallen ist und periodisch wieder einsetzt. Das dürfte uns soeben von den Füßen gerissen haben.«

Sinna schaute den Ersten Offizier an. »Dann müssen wir mit weiteren solchen Vorfällen rechnen«, stellte sie fest.

Es war keine Frage, aber Commander Sierra antwortete trotzdem darauf. »Ich würde sagen, ja, das ist gut möglich. Wir sollten uns also sputen.«

Dr. Steinberg seufzte. Wenn man von ihrem Stirnrunzeln ausgehen konnte, würde ihr Gespräch mit dem Captain noch hitziger werden, als sie es ursprünglich beabsichtigt hatte.

Der Erste Offizier jedoch ließ sich nicht anmerken, daß das Beben ihn entmutigt hatte. Er winkte den anderen, ihm zu folgen, und ging zu der Wand mit der Tür darin voraus.

Wie das Schott in der Hülle öffnete sie sich, als sie sich ihr näherten, und enthüllte einen dahinter befindlichen Gang. Commander Sierra ging zur Tür, steckte den Kopf durch die Öffnung und schaute in beide Richtungen. Dann trat er hindurch.

Data konnte einen Blick auf Glen Majors werfen, als die anderen nacheinander durch die Türöffnung schritten. Der Kadett im zweiten Jahr schien so ruhig und zuversichtlich zu sein wie der Erste Offizier. Nur seine Augen bewegten sich, nahmen Eindrücke auf, die kein Föderationsbürger je zuvor wahrgenommen hatte.

Sobald sich alle auf dem Gang befanden, stellte

der Androide fest, daß der Flur sich in beide Richtungen sanft bog. Für welche würden sie sich entscheiden?

Dr. Steinberg suchte den Korridor mit ihrem medizinischen Tricorder ab. Ihrem Gesichtsausdruck zufolge waren die Ergebnisse nicht gerade vielversprechend.

»Nicht die geringsten Lebenszeichen«, erklärte die Ärztin. Die Enttäuschung war ihrer Stimme deutlich anzuhören. »Aber die Strahlung erschwert es, klare Meßwerte zu bekommen.«

»Vielleicht liegt es daran, daß es keine Lebenszeichen mehr gibt, die der Tricorder aufspüren könnte«, sagte Kadett Petros. Als sie sah, daß ihre Bemerkung ihr lediglich mißbilligende Blicke einbrachte, fügte sie schnell hinzu: »Natürlich gehen wir erst einmal vom Gegenteil aus.«

Sie hatten sich noch immer nicht entschieden, in welche Richtung sie den Korridor entlanggehen wollten. Commander Sierra befaßte sich schließlich mit diesem Problem und entwickelte einen Plan.

»Wir trennen uns«, erklärte der Erste Offizier. »Majors, Data, Sinna und Petros, Sie gehen mit Dr. Steinberg. Alle anderen kommen mit mir.« Er dachte kurz nach. »Wir treffen uns hier spätestens in einer halben Stunde. Falls nötig auch früher.«

»Falls nötig?« wiederholte Data.

Sierra musterte ihn. »Falls es ein wesentlich schlimmeres Beben als das erste gibt«, erklärte der Mensch. »Oder mehrere leichtere.« Er bezog die anderen in seinen Blick ein. »Irgend etwas, das zu gefährlich aussieht, als daß wir uns damit befassen können.«

»Auf jeden Fall«, fügte die Ärztin hinzu, »bleiben wir über die Kommunikatoren in Kontakt miteinander, so daß Zweifel gar nicht erst aufkommen werden. Nicht wahr, Commander?«

Der Erste Offizier nickte und deutete zum einen Ende des Korridors. »Viel Glück«, sagte er zu Dr. Steinberg.

»Danke«, gab sie zurück. »Ihnen auch.«

Als Commander Sierra und das von ihm ausgewählte Team losmarschierten, wandte sie sich ihren Schutzbefohlenen zu. Der Androide sah sie erwartungsvoll an.

»Tja«, sagte die Ärztin, »jetzt geht der *richtige* Spaß los. Sollen wir?«

»Natürlich«, erwiderte Data, obwohl sonst niemand antwortete, auch Majors nicht. Als seine Teamkollegen sich in Bewegung setzten, wurde ihm klar, daß er eine rhetorische Frage beantwortet hatte. *Schon wieder.*

Er mußte in Zukunft sorgfältiger darauf achten, dies zu vermeiden.

4

Data hätte damit gerechnet, daß der gebogene Korridor, den sie entlangschritten, sich nach ein paar Minuten mit einem anderen Gang kreuzte oder zu einem Turbolift oder etwas Ähnlichem führte. Wie sich herausstellte, traf keine der beiden Vermutungen zu.

Und es war auch nichts von der Besatzung der Station zu sehen. Schließlich kam Dr. Steinberg nicht umhin, diesen Tatbestand zu erwähnen.

»Noch immer keine Spur von den Bewohnern«, stellte sie fest. »Das erfüllt uns nicht gerade mit Vertrauen, nicht wahr?«

»Vielleicht mußten sie sich zusammendrängen, um der Strahlung zu entgehen«, schlug Sinna vor. »Einige Teile der Station sind vielleicht besser davor abgeschirmt als andere.«

Die Ärztin nickte mit Bedacht. »Sie glauben also, die Überlebenden verstecken sich irgendwo, und wir sind noch nicht über sie gestolpert. Ja, das könnte durchaus sein. Und glauben Sie mir, die Ärztin in mir hofft, daß Sie recht haben.«

»Aber wir wissen es nicht genau«, erinnerte Majors sie, »bis wir einige von ihnen gefunden haben.«

Dr. Steinberg sah ihn an. »Das ist ebenfalls richtig. Ich wünschte nur, sie wären ein wenig …«

Data hörte das Ende ihres Satzes nicht mehr. Er

konzentrierte sich zu stark auf die schwachen Geräusche, die vor ihnen im Gang erklangen. Ganz schwache *Kratzgeräusche.*

Sinna mußte ein äußeres Anzeichen seines konzentrierten Lauschens bemerkt haben, denn sie fragte: »Was ist los?«

Der Androide schüttelte den Kopf. »Ich kann es nicht mit ausreichender Genauigkeit sagen«, erwiderte er. »Doch ich glaube, daß sich etwas oder jemand durch den Gang auf uns zubewegt.«

Die Ärztin schaute über die Schulter zurück, doch da war nichts. Weder ein Geräusch, noch ein Zeichen der Bewohner der Station. Sie drehte sich wieder zu Data um. »Sind Sie sicher, daß Sie etwas gehört haben?« fragte sie. »Es war nicht nur Ihre Einbildung?«

»Rein technisch gesehen habe ich keine Einbildung«, erklärte der Androide ihr. »Natürlich wäre es möglich, daß in meinen Gehörschaltkreisen eine Fehlfunktion aufgetreten ist, doch ich halte das nicht für wahrscheinlich.«

»Augenblick«, sagte Petros. Als sie an Data vorbeischaute, runzelte sie besorgt die Stirn. »Ich habe gerade selbst etwas gehört. Wie ein...« Sie hielt inne.

»Ein Knurren«, warf der Androide ein und beendete ihren Gedanken. Schließlich hatte er es auch gehört. Noch während er sprach, hörte er ein drittes solches Geräusch. Und dann ein viertes.

Mittlerweile, so schien es jedenfalls, hatte das gesamte Team die Geräusche mitbekommen, denn alle drehten sich schnell um und schauten den Gang entlang.

Das Knurren wurde lauter. Und kam *näher*.

Majors kniff die Augen zusammen. »Wir müssen hier raus ... uns zurückziehen, die Situation abschätzen. Es ist sinnlos, uns unnötig in Gefahr zu bringen. Wir sind vielleicht die einzige Hoffnung für die Leute auf dieser Station.«

Beeindruckter denn je betrachtete Data den Kadetten. Majors hatte recht, oder? Wenn dem Außenteam etwas zustieß, würden die Bewohner der Station auf keinen Fall mehr rechtzeitig vor der Zündung des Planeten des Super-Jupiter-Typs gerettet werden können.

Offensichtlich war auch die Ärztin dieser Meinung. »Kommen Sie mit«, sagte sie und drehte sich um. »Wir gehen den gleichen Weg zurück, den wir gekommen sind ... zumindest vorerst.«

Just in diesem Augenblick hörte der Androide ein weiteres fernes Knurren – aber nicht aus dem Korridor vor ihnen. Diesmal war es *hinter* ihnen erklungen.

»Ich bin nicht sicher, daß dieses Vorgehen klug wäre«, sagte er zu Dr. Steinberg.

Sie sah ihn fragend an. »Warum nicht?«

»Weil die gleichen Organismen«, erklärte er, »die vor uns sind, sich auch hinter uns befinden, wenn ich mich nicht völlig irre.«

Als das Knurren vor ihnen lauter wurde, drückte die Ärztin die Lippen zu schmalen, harten Linien zusammen. »Sie haben recht«, bestätigte sie. »Ich höre sie auch.« Sie sah sich kurz um und bemerkte dann frustriert: »Sieht so aus, als bliebe uns nur eine Möglichkeit – die mir unliebsamste. Stellen Sie Ihre Phaser auf leichte Betäubung ein und folgen Sie mir.«

Eine Reihe kratzender Geräusche erklangen, während sie ihre Waffen zogen und gemäß Steinbergs Anweisung justierten. Nachdem die Ärztin sich überzeugt hatte, daß alle bereit waren, ging sie in die Richtung voraus, in der ihr Shuttle sich befand.

Das Knurren – aus beiden Richtungen, besonders aber vor ihnen – wurde von Sekunde zu Sekunde lauter und heftiger. Data warf einen verstohlenen Blick auf Majors, der genauso entschlossen und konzentriert wirkte wie zuvor. Er nahm sich an dem Kadett ein Beispiel, streckte die Hand mit dem Phaser aus und bereitete sich auf das vor, was auch immer sie erwartete.

Trotzdem war er von der Plötzlichkeit überrascht, mit der sie dann angegriffen wurden. Bevor er es richtig mitbekam, wimmelte es im Gang vor Geschöpfen, die wie zweibeinige Echsen aussahen – große, kräftige Wesen mit gelber Schuppenhaut und purpurnen Schlitzaugen.

Die Ärztin bellte den Kadetten Befehle zu, während sie versuchten, die heranstürmenden Echsen mit den Phaserstrahlen zu erwischen. Über dem aus tiefer Kehle kommenden Schnauben ihrer Widersacher konnte Data nur einzelne Wortfetzen ausmachen. »Rücken an Rücken … Löst die Formation auf … Stellt euch vor, es wäre eine Übung … jeder Treffer zählt …«

Nachdem die erste Verwirrung vorüber war, trafen die Kadetten ihre Ziele besser. Doch die Phaserschüsse schienen den Echsenwesen nicht viel auszumachen. Und nachdem sie das erst einmal herausgefunden hatte, griffen sie mit wachsendem Zorn an.

»Auf schwere Betäubung einstellen!« rief Dr. Steinberg, und die Kadetten versuchten, ihren Befehl auszuführen. Doch ihnen blieb keine Zeit dafür – die Echsenwesen waren überall, schlugen mit ihren Fäusten auf sie ein, rissen und zerrten mit ihren Klauen an ihnen.

Die rohe Brutalität des Angriffs forderte ihren Tribut unter den Gefährten des Androiden. Sinna mußte einen Schlag gegen den Kopf einstecken und brach zusammen. Majors wurde gegen eine Wand geschleudert. Petros wurde der Arm so heftig auf den Rücken gebogen, daß sie laut aufschrie, und die Ärztin wurde hoch in die Luft geschleudert, während ihr Gegenspieler sie anstarrte und Speichel aus seinem Maul tropfte.

Data wartete nicht ab, was das Echsenwesen mit Dr. Steinberg im Sinn hatte. Er brachte seine übermenschliche Kraft ins Spiel, packte den Arm, der die Ärztin festhielt, und schlug seinem schuppigen Widersacher mit der anderen Hand aufs Maul.

Die Wucht des Hiebs war so stark, daß die Echse Dr. Steinberg losließ und zurückschreckte. Doch als der Androide einen Augenblick später die Ärztin auffing, hatte das Geschöpf sich schon wieder erholt und sprang ihm an die Kehle.

Data schob Dr. Steinberg hinter sich, ergriff den Angreifer am Handgelenk und warf ihn gegen eine Wand. Hätte er sich die Zeit genommen, den Flug der Echse zu verfolgen, hätte er zweifellos gesehen, wie sie gegen die Metalloberfläche prallte und zu Boden sackte.

Aber er hatte diese Zeit nicht. Er war zu sehr damit beschäftigt, die Angriffe weiterer Geschöpfe abzuwehren. Das erste trieb er mit einem Schlag mit dem Handrücken zurück. Das andere konnte seine scharfen Klauen um seinen Arm legen.

Der Androide wollte dieses Echsenwesen gerade an seinem schuppigen Nacken packen und wegschleudern, als sich bei ihm eine Wahrnehmung einstellte, die er noch nie zuvor erlebt hatte. Es war, als würde ein starker Stromstoß ihn durchfließen, die Arbeitsweise seines neuralen Netzwerks durcheinanderbringen und seine grundlegendsten Funktionen stören.

Noch während Data auf die Knie sank, weil er die Kontrolle über seine Gliedmaßen verloren hatte, wurde ihm klar, daß der Stromschlag von dem Geschöpf ausgegangen war, das seinen Arm umklammerte. Natürlich konnte es nicht wissen, wie wirksam seine Ausstrahlung war, oder daß es den Androiden damit tausendmal stärker beeinträchtigte als mit dem größten Kraftaufwand, zu dem die Echsenwesen imstande gewesen wären.

Ein anderes Geschöpf bemerkte, daß Data hilflos war, und warf sich auf ihn. Und ein drittes. Unfähig, sich zu verteidigen, konnte er nur zusehen, wie sie an seinem Schutzanzug zerrten, und spekulieren, wann sie ihn aufgerissen haben und beginnen würden, an *ihm* zu zerren.

Abrupt wurde einer seiner Widersacher zurückgeworfen. Die beiden anderen ließen unmittelbar darauf ebenfalls von ihm ab. Nicht einmal imstande, den Kopf zu drehen, konnte der Androide lediglich drei hellrote Phaserstrahlen ausmachen, die sich in der Luft über ihm kreuzten. Und da wußte er, daß doch noch nicht alles verloren war.

Offensichtlich hatten seine Bemühungen seinen Gefährten etwas Zeit verschafft – zumindest genug, um ihre Phaser auf eine höhere Stufe einzustellen, was sich als wirksamer gegen die Echsenwesen erwies. Auf dem Rücken liegend, beobachtete Data aus den Augenwinkeln, daß die Geschöpfe abrupt flohen.

Schon nach ein paar Sekunden war auf dem Gang nichts mehr von ihnen zu sehen. Lediglich Dr. Steinberg und die drei humanoiden Kadetten befanden sich noch in der unmittelbaren Nähe. Die Ärztin kniete neben dem Androiden nieder und untersuchte ihn mit dem Tricorder. Sie wirkte bleich, und ihr Haar war zerzaust, aber ihre Besorgnis um ihn schien alles andere in den Hintergrund zu drängen.

»Was ist mit ihm passiert?« fragte Sinna und bemühte sich dabei nicht einmal, die Besorgnis in ihrer Stimme zu verheimlichen. »Er kämpfte wie ein Held, und plötzlich…« Ihre Stimme verhallte düster.

Dr. Steinberg runzelte die Stirn. »Ich weiß nicht genug über ihn, um eine genaue Diagnose erstellen zu können. Doch er scheint irgendeinen elektrischen Schock erlitten zu haben – einen so starken, daß er die empfindliche Elektronik seines künstlichen Nervensystems durcheinandergebracht hat.«

Data konnte nicht sprechen, sonst hätte er das Ergebnis der Untersuchung bestätigt. Doch er hätte sowieso keine Zeit dafür gehabt, denn einen Augenblick später hörte er erneut ein Knurren, wie es unmittelbar vor dem Angriff der Echsenwesen erklungen war.

»Sie kommen zurück«, erklärte Petros und

drehte sich zu der Ärztin um. »Was sollen wir jetzt tun?« fragte sie.

Dr. Steinberg warf einen besorgten Blick in die Richtung, aus der die Laute kamen. »Wir schlagen den anderen Weg ein«, entschied sie.

Aber es bestand keine Garantie, daß es dort nicht auch bald vor Echsen wimmeln würde. Vielleicht lauerten sie an dieser Stelle sogar schon auf sie, überlegte der Androide.

»Warten Sie«, sagte Sinna, die offensichtlich in den gleichen Bahnen gedacht hatte. Sie zeigte auf ein Zugangspaneel in der Wand. »Wenn diese Station wie eins unserer Schiffe aufgebaut ist, wird sie von einem Netzwerk von Röhren für Wartungszwecke durchzogen – und die könnten wir als Alternativen zu den Gängen benutzen. Das da scheint ein Einstieg zu sein.«

Die Ärztin schaute zu dem Paneel, dann zu der Yanna und schließlich wieder zu der Täfelung. »Es gibt nur eine Möglichkeit, um es herauszufinden«, erklärte sie. Ohne jeden weiteren Kommentar ging sie zu dem Paneel und versuchte, es von der Wand zu lösen.

Das Ding gab überraschend leicht nach. Bei dem dahinterliegenden Raum schien es sich tatsächlich um einen Tunnel zu handeln. Data kam es zunehmend wahrscheinlicher vor, daß Sinnas Theorie zutraf.

Dr. Steinberg drehte sich wieder zu den Kadetten um und deutete auf die flach auf dem Boden liegende Gestalt des Androiden. »Majors ... Sinna ... Sie tragen Data und folgen mir. Petros, Sie bilden die Nachhut.«

Während Sinna sich schon bückte, zögerte Kadett Majors noch. »Sir«, wandte er sich an die Ärztin, »ist es klug, Data mitzunehmen? Er wird unser Vorankommen beträchtlich verlangsamen, und ich bezweifle, daß die Echsenwesen ihm noch etwas antun können, was sie ihm nicht schon angetan haben.«

Der Androide nahm den Einwand nicht persönlich. Er überdachte ihn von einem objektiven Standpunkt und kam zum Schluß, daß Majors mit seiner Einschätzung der Lage wahrscheinlich richtig lag.

Doch Steinberg schüttelte den Kopf. »Nein«, sagte sie energisch. »Data ist einer von uns. Und wir lassen unsere Leute nicht zurück, ob es sich nun um Androiden oder Organismen handelt.«

Majors erweckte den Eindruck, er hätte gern weitere Einwände erhoben, doch dafür hatten sie keine Zeit. Das Knurren wurde wieder lauter. Der Kadett im zweiten Jahr ergriff Data an den Armen und wartete, bis Sinna die untere Hälfte des Androiden hochgehoben hatte. Als sie ihn dann sicher gepackt hielten, schleppten sie ihn zu der Öffnung in der Wand.

»Er ist viel schwerer… als er aussieht…«, stöhnte Majors.

Sinna dachte zweifellos dasselbe. Doch sie sagte es nicht. Sie schaute lediglich mit besorgtem Gesichtsausdruck zu Data hinab. Vielleicht hatte sie allen Grund, sich Sorgen zu machen, dachte der Androide. Schließlich wußte niemand, wann – oder *ob* – er überhaupt repariert werden konnte.

Majors und Sinna schoben Data in die Öffnung

und krochen an ihm vorbei. Während die Yanna und der Kadett im zweiten Jahr den Androiden dann hinter sich herzogen, setzte Petros das Paneel wieder auf die Öffnung.

Sofort wandte die Gruppe der fünf Personen sich nach rechts und bahnte sich den Weg durch das Innere eines langen weißen Zylinders, der einen Durchmesser von vielleicht zwei Metern hatte. Das Ding schien sich sehr weit in beide Richtungen zu erstrecken.

»Petros«, rief Dr. Steinberg, und ihre Stimme hallte laut in dem Hohlraum. »Scannen Sie die Röhre hinter uns auf diese Echsenwesen. Ich mache dasselbe hier vorn.«

»Aye, Sir«, sagte Kadett Petros.

»Haben Sie was entdeckt?« fragte die Ärztin.

»Hier in der Röhre ist nichts«, erwiderte Petros. »Aber ich bekomme eine Anzeige vom Gang auf der anderen Seite der Wand. Dort befinden sich acht von ihnen, um genau zu sein. Sie sind dicht beieinander, wie ein Rudel.«

Data hörte, wie Dr. Steinberg leise etwas murmelte. Dann sagte sie lauter: »Ich orte ebenfalls eine Gruppe von ihnen auf dem Gang. Wir sollten wohl so schnell wie möglich aus dieser Gegend verschwinden.«

Aber sie befolgte ihren eigenen Rat nicht – zumindest nicht sofort. Die Ärztin berührte ihren Kommunikator und rief Commander Sierra, zweifellos, um ihn vor den Echsenwesen zu warnen.

Es erfolgte keine Antwort.

Sie versuchte es ein zweites Mal.

Noch immer keine Antwort.

Das konnte zweierlei bedeuten, überlegte Data. Entweder verhinderte die Strahlung, daß Dr. Steinbergs Kommunikator durchkam... oder dem Außenteam des Ersten Offiziers war etwas zugestoßen. Im Augenblick konnten sie jedoch nicht in Erfahrung bringen, welche der beiden Möglichkeiten tatsächlich für das Schweigen verantwortlich war.

Anscheinend war die Ärztin zu demselben Schluß gekommen, denn sie stellte ihre Bemühungen ein, Commander Sierra zu warnen, und ging die Röhre entlang. Die anderen folgten ihr mit Data im Schlepptau.

Dabei erhaschte Data mehrmals – immer, wenn sein Kopf nach rechts fiel – kurze Blicke auf Glen Majors Gesicht. Der Kadett betrachtete ihn jedesmal finster; offensichtlich mißfiel es ihm, kostbare Energie für eine seines Erachtens sinnlose Aufgabe verschwenden zu müssen.

Der Androide bedauerte, eine Last zu sein. Hätte er sprechen können, hätte er es gesagt. So aber mußte er seine Hilflosigkeit schweigend ertragen.

»Petros«, rief Dr. Steinberg, »wie lange sind wir schon auf der Station?«

Eine kurze Pause. »Gut eine Stunde«, kam dann die Antwort. »Keine fünf Stunden mehr bis zur Zündung des Super-Jupiter-Planeten«, fügte Petros unaufgefordert hinzu. Offensichtlich hatte sie den Grund für die Frage der Ärztin erkannt.

Fünf Stunden bis zur Zündung des Super-Jupiter-Planeten, dachte Data... und dem Ende ihrer Mission, wenn nicht sogar dem ihres Lebens. Denn wenn sie nicht rechtzeitig zum Shuttle zurückgelangten, würden sie zusammen mit der Station vernichtet werden, sobald der Planet zu einer Sonne wurde.

Kaum war ihm dieser grimmige Gedanke gekommen, als er spürte, daß die Finger seiner rechten Hand zuckten. Er konzentrierte seine Aufmerksamkeit auf sie und spürte erneut, wie sie sich bewegten – diesmal auf seinen Befehl.

War es möglich, daß er die Kontrolle über seinen Körper zurückerlangte? Daß die Wirkung des elektrischen Schlags, der ihn funktionsunfähig gemacht hatte, nur vorübergehend war?

»Data!« rief Sinna, die ihre Augen weit aufgerissen hatte. Sie schaute zu Dr. Steinberg hinüber, die sich vor ihr befand. »Ich glaube, er hat sich *bewegt*.«

Einen Augenblick später ließen sie ihn zu Boden sinken. Das Gesicht der Ärztin tauchte über dem seinen auf, und sie ließ ihren Tricorder über ihn gleiten.

»Ich glaube, sein Zustand hat sich tatsächlich gebessert«, sagte sie nachdenklich und beugte sich zum Ohr des Androiden hinab. »Können Sie mich hören, Data?«

Der Androide versuchte zu sprechen. »Ja«, krächzte er schließlich. »... Sie hören.«

Steinberg lächelte ermutigend. »Ich glaube«, sagte sie, »sein Zustand hat sich *eindeutig* gebessert.«

5

Als die Gruppe ein weiteres Zugangspaneel erreichte, das auf den Gang hinausführte, hatte Data sich ziemlich gut erholt. Seine Reaktionen waren noch etwas langsamer als normalerweise, aber er hatte wieder volle Kontrolle über seine Gliedmaßen und konnte wieder normal sprechen.

»Weißt du«, sagte Sinna, als sie darauf warteten, daß Kadett Petros den Korridor auf Echsenwesen scannte, »ich dachte, das wäre dein Ende gewesen.« Ihr Gesichtsausdruck zeugte eindeutig von Erleichterung und ließ nichts mehr von dem Groll auf ihn erkennen, den sie in den letzten Tagen zum Ausdruck gebracht hatte.

Der Androide erwiderte ihren Blick. »Ich dachte ebenfalls, es sei mein Ende. Zum Glück hat sich mein System als widerstandsfähiger erwiesen, als wir beide erwartet haben.«

»In dem Korridor ist niemand«, meldete Petros. »Zumindest nicht auf fünfzig Meter in beiden Richtungen.«

Dr. Steinberg nickte anerkennend. »Na schön. Wir müßten jetzt weit genug von ihnen entfernt sein, um das Risiko eingehen zu können. Aber zuerst ...«

Sie berührte ihren Kommunikator und rief Commander Sierra. Wie zuvor erfolgte keine Antwort. Anscheinend verhinderte die Strahlung auch in diesem Bereich jede Kommunikation.

»Also gut«, sagte sie in dem Versuch, die Sache zu bagatellisieren, obwohl ihr die Besorgnis unverkennbar ins Gesicht geschrieben stand. »Dann sind wir wohl noch auf uns selbst angewiesen, was?«

»Wir müßten irgendwie herausfinden«, versetzte Majors, »woher diese Geschöpfe kamen. Sie sind offensichtlich zu primitiv, als daß es sich bei ihnen um die Wesen handeln könnte, die den Notruf ausgestrahlt haben.«

»Ja«, pflichtete Petros ihm bei. »Oder um die Station erobert zu haben. Worum handelt es sich bei ihnen also?«

Data drehte sich zu ihr um. »Ich habe ebenfalls über diese Frage nachgedacht«, gestand er. »Es ist möglich, daß diese Echsen ursprünglich eine Art lebendiger Fracht waren ... die vielleicht in irgendwelchen Behältern aufbewahrt wurden. Als die Station mit dem Asteroiden zusammenprallte, konnten die Geschöpfe dann entkommen.«

»Eine interessante Theorie«, gestand die Ärztin ein. »Doch bis wir ein paar Beweise dafür finden, ist es nicht viel mehr als genau das – eine Theorie.«

»Im Augenblick«, stellte Majors fest, »lautet die wichtigere Frage, *wer* das Signal gesendet hat und *wo* diese Wesen sind. Sind sie alle von den Echsen getötet worden? Oder verstecken sie sich lediglich in einem anderen Teil der Station vor ihnen?«

Er hatte seine Frage kaum beendet, als Kadett Petros die Umgebung auch schon auf nicht echsenähnliche Lebensformen scannte. Da es ihnen zuvor nicht gelungen war, die eigentlichen Bewohner der

Station zu lokalisieren, rechnete Data nicht mit positiven Ergebnissen.

Doch als Petros von dem Tricorder aufschaute, lag ein schwaches Lächeln auf ihren Zügen. »Ich glaube, ich habe einige von ihnen gefunden«, sagte sie.

»Wo?« fragte Dr. Steinberg.

Die junge Frau richtete ihre Aufmerksamkeit wieder auf den Tricorder und hob die freie Hand. »Da drüben«, sagte sie und zeigte auf eine Stelle fast direkt hinter dem Zugangspaneel.

Der Androide und seine Gefährten sahen einander an. »Worauf warten wir?« fragte die Ärztin. »Auf geht's.«

Kadett Majors entfernte die Wandverkleidung. Einer nach dem anderen schlüpften sie aus der Röhre, die ihre Rettung gewesen war – zuerst Data, dann Sinna, Petros und Steinberg. Als der letzte von ihnen auf dem Gang stand, brachte Majors das Paneel wieder an.

»Hier entlang«, erklärte Petros, die wieder auf ihren Tricorder schaute. Sie bog nach links ab und schritt zielstrebig durch den Korridor.

Der Androide sah, daß Kadett Majors sich wachsam umschaute, und tat es ihm gleich. Obwohl ihr Scan ergeben hatte, daß sich in unmittelbarer Nähe keine Echsen aufhielten, war es ratsam, wachsam zu bleiben.

Doch kurz darauf erreichten sie unbeschadet ihr Ziel: eine große, silberfarbene Doppeltür in der Wand. Die beiden Türhälften bildeten einen perfekten Halbkreis.

»Eine Zeitlang«, sagte Dr. Steinberg erleichtert,

»dachte ich schon, in dieser Station gäbe es überhaupt keine Türen oder Eingänge – nur eine Reihe unendlicher Korridore.«

»Glauben Sie, daß sie sich selbsttätig öffnen, wie die Schotte des Shuttlehangars?« fragte Sinna und trat einen Schritt auf sie zu.

Wie als Antwort auf ihre Frage glitten die silbernen Türhälften auseinander und enthüllten einen dahinterliegenden Raum. Die Yanna murmelte leise etwas vor sich hin, als sie eintrat. Die anderen folgten ihr umgehend, wobei Data die Nachhut bildete. Sie hatten kaum die Schwelle überschritten, als die Türhälften hinter ihnen wieder zuglitten.

Der Raum war viel größer, als der Androide erwartet hatte. Von einer riesigen, transparenten Kuppel umgeben, die den Blick auf die Sterne freizugeben schien, enthielt er eine beeindruckende Vielzahl von Bäumen, Sträuchern und Blumen, die geschmackvoll und ordentlich angelegt waren.

Hier gab es überall eine verschwenderische Fülle von pflanzlichem Leben. Die zahlreichen Exemplare unterschieden sich durch ihre Farben, Formen und Oberflächenbeschaffenheit. Einige von ihnen trugen Blumen oder Blätter, andere exotischere Anhängsel, doch alle waren als lebende, wachsende Flora zu erkennen.

»Wofür haltet ihr das?« fragte Petros und drehte sich schauend um. »Für einen botanischen Garten?«

Data hätte bestätigend geantwortet, wollte aber nicht das Risiko eingehen, sich zu irren. Majors hatte ihn bereits in seinem hilflosesten Zustand gesehen; er wollte keine weiteren Schwächen offenbaren, indem er die falsche Schlußfolgerung unterstützte.

»Das würde mich nicht überraschen«, sagte Dr. Steinberg mit all der Zuversicht, die der Androide gern ebenfalls gehabt hätte. »Schließlich gibt es auch auf vielen *unserer* Stationen Gärten. Warum dann nicht auch auf *dieser?*«

Majors wischte etwas Feuchtigkeit weg, die sich auf seiner Helmscheibe niedergeschlagen hatte, und streifte sie an der Schulter seine Schutzkleidung ab. »Was bin ich froh, daß ich einen Schutzanzug trage«, bemerkte er. »In dieser Suppe könnte man ja schwimmen.«

Der Androide versuchte, sich solch eine Aktivität vorzustellen, konnte es aber nicht. Anscheinend war Majors' Bemerkung nicht wörtlich gemeint.

»Keine Spur von den Bewohnern«, fuhr Majors fort und suchte die unmittelbare Umgebung mit Blicken ab. »Aber den Instrumenten zufolge müssen sie hier irgendwo sein.«

»Was ist das?« fragte Sinna. Sie war ein paar Schritte vorausgegangen und zeigte auf etwas, das die anderen nicht sehen konnten.

Data trat zu seiner Freundin und schaute in die Richtung, in die sie deutete. Dort machte er einen kurzen, gedrungenen Baum mit federartigen gelben Staubfäden aus, hinter dessen Stamm der Teil eines *Stiefels* hervorragte.

»In dieser Richtung ist etwas«, rief die Yanna, um auch die anderen darauf aufmerksam zu machen. Sie lief zu dem Baum und kniete nieder.

Der Androide, der direkt hinter ihr stand, sah, daß die bewußtlose humanoide Gestalt einer Spezies angehörte, die er noch nie zuvor gesehen hatte – einer mit blasser, gelber Haut und großen ovalen Augen. Diese Augen waren nun geschlossen, das Gesicht wirkte friedlich.

Während der Rest des Teams sich um Sinnas Fund versammelte, untersuchte Dr. Steinberg den Fremden mit dem medizinischen Tricorder. Als sie die Werte betrachtete, runzelte sie die Stirn.

»Strahlungsfieber?« fragte Majors. »Oder vielleicht ein Angriff eines Echsengeschöpfs?«

Die Ärztin schüttelte den Kopf. »Ganz bestimmt kein Angriff. Das Wesen weist keine Verletzungen auf, keine gebrochenen Knochen, nicht mal eine Prellung. Aber Strahlungsfieber ist es auch nicht.«

Data kam eine weitere Möglichkeit in den Sinn. »Ist es möglich, daß es sich um eine natürliche Reaktion auf gefährliche Umweltbedingungen handelt?« platzte er hervor, bevor er zweimal darüber nachdenken konnte.

Dr. Steinberg schaute zu ihm hoch. Einen langen, unbehaglichen Moment war der Androide überzeugt, daß sie seine Idee als lächerlich abtun würde.

»Eigentlich«, sagte sie dann, »habe ich genau dasselbe gedacht. Einige Spezies ziehen sich in einen komatösen Zustand zurück, um sich zu schützen. Ich habe das Gefühl, dieses Wesen reagiert ähnlich.«

Sinna scannte die Umgebung. »Hier müssen noch andere sein. Und wenn sie sich alle in diesem Zustand befinden... und diese Echsen frei herumlaufen...«

»Können sie von Glück sprechen, daß sie nicht

entdeckt und getötet wurden«, beendete Data ihren Satz.

»Verteilen Sie sich«, befahl die Ärztin. »Stellen Sie fest, ob Sie die anderen finden können.«

Noch bevor sie ausgesprochen hatte, setzte Data sich in Bewegung. Es dauerte nur ein paar Sekunden, bis er ein weiteres Stiefelpaar fand. Es schaute unter den Blättern eines dornigen gelben Busches hervor.

»Dr. Steinberg«, sagte er, »ich habe einen zweiten Fremden gefunden.« Er winkte und ging zu ihm. »Hier drüben.«

»Hier liegt ein dritter«, meldete Petros, die in eine

völlig andere Richtung gegangen war. »Nein, Augenblick... es scheint sich um ein *Paar* zu handeln.«

»Ich habe auch einen gefunden«, sagte Majors, der in eine dritte Richtung gegangen war.

»Bringen Sie sie alle her«, befahl die Ärztin. »Dann können wir sie leichter beschützen, falls es den Echsen irgendwie gelingen sollte, hier hereinzukommen.«

Kurz darauf hatten sie alle Außerirdischen an einer Stelle des Gartens zusammengetragen – dort, wo sie das erste Wesen entdeckt hatten. Es waren insgesamt fünf, drei männliche und zwei weibliche Exemplare, und alle waren gleichermaßen bleich und leblos.

Sinna schüttelte den Kopf. »Sie müssen geglaubt haben, dies sei ein guter Ort, um Zuflucht zu suchen – vor den Echsenwesen, meine ich, nicht vor der Strahlung.«

Doch Dr. Steinberg hörte der Yanna nicht zu; diesen Eindruck hatte zumindest der Androide. Sie kniete noch immer neben den Wesen und untersuchte sie mit dem Tricorder. Anscheinend hatte sie etwas herausgefunden, das sie den Kadetten noch nicht mitgeteilt hatte.

Schließlich lehnte sie sich zurück und räusperte sich. »Was sagt man denn dazu?« meinte sie.

»Wozu?« fragte Majors.

»Ich dachte, ich hätte gewisse Ähnlichkeiten im Skelettaufbau gefunden«, erwiderte die Ärztin, »und die DNS-Muster bestätigen es. Bei unseren Freunden hier und den Echsenwesen scheint es sich um zwei Äste ein und desselben Stammbaums zu handeln.«

»Sie meinen, sie sind ... miteinander verwandt?« fragte Petros, die ihre Überraschung nicht verbergen konnte.

Dr. Steinberg nickte. »Sieht so aus. Natürlich nicht allzu eng; sie könnten vor einigen Millionen Jahren von der Evolution getrennt worden sein.«

»Genau wie der terranische Affe und der moderne Homo sapiens«, stellte Data fest.

»Ja«, stimmte die Ärztin zu. »Eine passende Analogie.« Sie seufzte. »Was verrät uns das also? Daß sowohl diese Außerirdischen als auch die Echsenwesen von demselben Planeten stammen ...«

»Daß diese Leute gewußt haben müssen, was sie transportiert haben«, schloß Petros, »aber ihren Sicherheitsvorkehrungen vertrauten und keine Gefahr für sich sahen.«

»In der Tat«, bestätigte Dr. Steinberg. »Und daß der Zusammenstoß mit dem Asteroiden, ganz zu schweigen von der dabei entstandenen Strahlung, ihnen einen Strich durch die Rechnung gemacht hat.«

»Aber wir wissen noch immer nicht, warum sie diese Echsenwesen mitgenommen haben«, warf Majors ein. Seine Kiefermuskeln arbeiteten. »Und wir sind bei dem Versuch, die Hilfe der Stationsbewohner zu erlangen, noch keinen Schritt weitergekommen.«

Petros schaute die Ärztin an. »Gibt es eine Möglichkeit, sie wiederzubeleben? Vielleicht nur so weit, daß sie uns ein paar Antworten geben können?«

Steinberg schüttelte den Kopf. »Das wäre gefährlich und nicht ratsam. Wir wissen nicht genug über ihre Physiologie, um den Versuch wagen zu können, sie aus ihrem Koma zu holen – und daran wird sich erst etwas ändern, wenn ich sie auf unsere Krankenstation gebracht habe.«

»Wahrscheinlich befinden sich auf der Station noch mehr von ihnen«, sagte Data zögernd. »Zum Beispiel diejenigen, die den Notruf gesendet haben. Vielleicht können *sie* uns die Informationen geben, die wir brauchen.«

»Außer«, sagte Petros und zeigte auf die Wesen zu ihren Füßen, *»diese* hier haben den Notruf gesendet.«

Majors nickte einmal mit verkniffener Zustimmung. »Und selbst, wenn sie es nicht waren … die Korridore sind noch voller Echsen.« Erneut mahlten seine Kiefer. »Da wir gerade darüber sprechen, was gefährlich und nicht ratsam wäre … eine falsche Bewegung, und wir sind erledigt.«

Der Androide dachte noch über Majors' Äußerung nach, als etwas geschah – so schnell und heftig und buchstäblich umwerfend, daß sie alle überrascht wurden und sich nicht darauf einstellen konnten. Im nächsten Augenblick rappelte Data sich vom Boden hoch und stellte fest, daß es den anderen nicht besser ergangen war. Der Androide war unbeschädigt, doch seine Begleiter hatten sich Prellungen und sogar einige Hautabschürfungen zugezogen.

Ihm wurde klar, daß sie ein weiteres Beben erlebt hatten, genau wie Commander Sierra es vorhergesagt hatte. Und dieses war schlimmer als das erste gewesen.

»Typisch«, stöhnte Petros, hielt sich den Arm

und zuckte vor Schmerz zusammen. »Derselbe verdammte Ellbogen.«

»Sir«, sagte Majors, als er Dr. Steinberg auf die Füße half. »Wie Sie sich erinnern, hat Commander Sierra uns befohlen, zum Shuttlehangar zurückzukehren, falls die Beben schlimmer werden oder wir auf irgendeine andere Gefahr stoßen sollten. Ich würde sagen, daß mittlerweile beides eingetreten ist.«

Die Ärztin nickte, während sie Erde von dem Schutzanzug abwischte. »Normalerweise würde ich Ihnen zustimmen, Mr. Majors – hätten wir nicht gefunden, was wir gesucht haben.« Data hatte den Eindruck, daß Steinbergs Lippen nun zwei harte Striche bildeten. »Und das verändert alles«, schloß sie.

6

Die Ärztin runzelte die Stirn. »Wie ich es sehe, hängt es von uns ab, diese Wesen zu retten, nun, da wir wissen, wo zumindest einige von ihnen sind. Es gibt zwei Möglichkeiten, um das zu bewerkstelligen. Wir können versuchen, die Station nach und nach zu evakuieren, wobei wir jedesmal das Risiko eingehen, von den Echsenwesen bemerkt und angegriffen zu werden. Oder wir können die Station von der Strahlungsquelle fortbewegen, damit die *Republic* anschließend unser Team, Commander Sierras Team und – wenn möglich – auch beide Gruppen der Außerirdischen von Bord beamen kann.«

Sie fuhr mit der Zunge über ihre Lippen. »Ich würde natürlich die zweite Möglichkeit vorziehen. Wie jeder Starfleet-Offizier verabscheue ich die Vorstellung, daß irgendeine Lebensform, sogar eine feindselige, getötet wird. Doch um sowohl die Besitzer der Station als auch die Echsenwesen retten zu können, müssen wir leider wissen, wie man die Triebwerke der Station bedient, und in Erfahrung bringen, ob sie überhaupt noch manövrierfähig ist, was ja keineswegs der Fall sein muß. Das wäre also bestenfalls ein sehr gewagter Versuch.«

Data antwortete, bevor er richtig darüber nachgedacht hatte. »Ich kann mir die Kenntnisse verschaffen, die nötig sind, um die Triebwerke zu bedienen«, sagte er.

Alle sahen ihn an. »Die Kenntnisse *verschaffen?*« wiederholte Kadett Majors. Er hatte die Augen zusammengekniffen und klang skeptisch, um es zurückhaltend auszudrücken.

Der Androide nickte. Er bedauerte bereits, so kühn gesprochen zu haben, doch es war zu spät, um die Erklärung zurückzunehmen.

»Ja«, bestätigte er. »Ich kann *lernen*, die Station zu bedienen. Schließlich ist mein positronisches Gehirn im Prinzip ein Computer. Es dürfte für mich nicht allzu schwierig sein, mit dem Computer der Station zu kommunizieren. Sobald die Verbindung erst einmal hergestellt ist, kann ich entscheiden, ob die Navigations- und Antriebssysteme reparaturbedürftig sind, sie in diesem Fall reparieren oder, falls sie funktionsfähig sind, sofort bedienen.«

Dr. Steinberg schien interessiert zu sein. »Diese Verbindung mit dem Stationscomputer ...« Sie hielt inne. »Die können Sie nicht von hier aus herstellen, oder?«

»Ich müßte mich im Operationszentrum der Station befinden«, erwiderte Data. »Dort wird der Zugriff am leichtesten herzustellen sein.«

Majors schüttelte den Kopf. Dem Androiden kam dies wie eine spöttische Geste vor, die die Glaubwürdigkeit von Datas Bemerkungen in Frage stellen sollte. Einen Augenblick später wurde diese Beobachtung bestätigt.

»Wir sprechen hier davon, daß ein Androide – ein mechanisches Wesen – eine gesamte Station steuern soll«, wandte Majors ein. »Darüber hinaus noch eine uns völlig fremde Station.« Er schaute die Ärztin, Petros und schließlich Sinna an. »Klar, er kann wahrscheinlich ein paar Details in Erfahrung bringen, indem er sich in den Stationscomputer einklinkt. Aber um eine Anlage von dieser Größe zu steuern, braucht man mehr als nur Wissen. Dazu braucht man Instinkte.« Er musterte Data herausfordernd. »Und genau daran mangelt es unserem Freund hier. Er selbst ist wahrscheinlich der erste, der das eingesteht.«

Der Androide mußte dies einräumen. »Das ist korrekt«, sagte er. »Ich habe keine Instinkte. Zumindest weiß ich von keinen.«

»Augenblick mal«, warf Sinna ein. »Data hat mehr Instinkte, als er sich zugesteht. Vor ein paar Wochen hat er das Kommando über ein Föderationsschiff namens *Yosemite* übernommen – ein Schiff, über das er nicht das geringste wußte, als er an Bord kam. Wenn er dazu imstande war, bekommt er vielleicht auch diese Station in den Griff.«

Majors brummte etwas Unverständliches. »Wie ich es verstanden habe«, sagte er dann, »hat er *Jahre* auf einem Raumschiff der Föderation verbracht und nichts anderes getan, als sich damit vertraut zu machen. Ist es da ein Wunder, daß er nach dieser langen Zeit wußte, wie man so ein Schiff bedient?«

Die blauen Streifen der Yanna wurden dunkler. »Du warst wohl dabei?« platzte sie heraus. »Du hast wohl …«

Ein *Knurren* ließ sie mitten im Satz verstummen. So ein Geräusch hatten sie auch gehört, bevor sie von den Echsenwesen angegriffen worden waren.

Der Androide schaute zu den Türen und stellte fest, daß sie noch geschlossen waren. *Außerdem,* dachte er, *hätte ich es gehört, wären sie geöffnet worden.*

Trotzdem war eins dieser Echsengeschöpfe bei ihnen in diesem Raum. Und dem Geräusch zufolge, das es von sich gegeben hatte, war es ganz in der Nähe. Verborgen in dem Gewirr der fremdartigen Pflanzen. Bereit, sich auf sein Opfer zu stürzen.

Bevor Data das Geschöpf lokalisieren konnte, zeigte es sich. Es schoß hinter seiner Deckung hervor und warf sich mit einer so rasenden Geschwindigkeit auf Kadett Petros, daß weder die Menschen noch die Yanna reagieren konnten.

Zum Glück war der Androide etwas schneller als seine Gefährten. Er sprang durch die Luft, und es gelang ihm tatsächlich, das Echsenwesen an den Schultern zu packen und von seinem Ziel abzubringen.

Erst als das Geschöpf Data angriff, wurde dem Androiden klar, was für ein Risiko er eingegangen war. Beim letzten Angriff hatte er sich zwar von dem Stromstoß der Echse erholt, doch diesmal würde seine Existenz vielleicht für immer beendet werden.

Trotzdem wich Data nicht zurück, als das Geschöpf sich zusammenkauerte, um ihn anzuspringen. Er war schließlich verantwortlich dafür, sein Team zu beschützen, genauso wie seine Kameraden im umgekehrten Fall ihn beschützt hätten.

Doch zum Glück wurde seine Entschlossenheit nicht auf die Probe gestellt. Bevor das Echsenwesen angreifen konnte, traf ein rubinroter Phaserstrahl es mitten auf der Brust und schleuderte es auf ein weiches Beet aus purpurnen Blumen zurück.

Es bewegte sich nicht mehr. Seine schuppige Brust hob und senkte sich schwach im Rhythmus seiner Atmung.

Der Androide warf einen Blick über die Schulter zurück und stellte fest, daß Sinna auf das Geschöpf geschossen hatte. Sie hielt den Phaser noch in der Hand und zielte auf das Echsenwesen, als rechnete sie damit, daß es jeden Augenblick erneut angreifen würde.

Doch das kam Data sehr unwahrscheinlich vor. Als er sich dem Geschöpf näherte, wurde klar, daß Sinnas Schuß aus nächster Nähe es außer Gefecht gesetzt hatte.

»Vorsicht«, warnte Dr. Steinberg, die ebenfalls einen Phaser in der Hand hielt. Sie schaute sich um, spähte wie ein Vogel, dessen Selbsterhaltungstrieb angespornt worden war, in das dichte Laubwerk. »Hier könnten noch mehr von ihnen lauern.«

Aber Petros schüttelte den Kopf. Wie zum Beweis hielt sie den Tricorder hoch. »Es sieht nicht so aus, Sir«, sagte sie. »Zumindest nicht im Augenblick.«

»Wie ist es hier *herein*gekommen?« fragte Majors. Sogar dem Androiden fiel es schwer, nicht auf die Anspannung in seiner Stimme oder die Blässe auf seinem Gesicht zu achten.

Data fragte sich, warum Majors' Reaktion viel intensiver war als die der Ärztin oder der anderen Kadetten. Hätte der Androide es nicht besser gewußt, hätte er vermutet, daß der Mensch einer Furchtreaktion ausgesetzt war. Doch es handelte sich um Glen Majors, der sein Selbstvertrauen schon oft unter Beweis gestellt hatte. Es gibt bestimmt einen anderen Grund für diese Reaktion des Menschen, sagte der Androide sich.

»Das ist eine gute Frage«, beantwortete die Ärztin die Äußerung des Kadetten. »Bis wir die Antwort kennen, werden wir unsere Phaser bereit- und die Augen offenhalten.« Sie holte ihren Tricorder hervor. »Derweil sehe ich mir unseren ungebetenen Gast hier mal an.«

Der Androide befolgte den Befehl der Frau, indem er seinen Phaser zog und mit den anderen wachsam Ausschau hielt. Doch das hinderte ihn nicht daran, von Zeit zu Zeit einen Blick über die Schulter zu werfen.

Ohne das geringste Zögern ging die Ärztin zu dem bewußtlosen Echsengeschöpf. Das Scannen des schuppigen Körpers dauerte nur ein paar Sekunden, doch das Studium der Ergebnisse, die sie auf dem Tricorder sah, beschäftigte sie wesentlich länger.

»Interessant«, stellte sie schließlich fest. »Anscheinend ist eine der Drüsen des Geschöpfs blockiert.«

»Hat das eine besondere Bedeutung?« fragte Data.

Die Ärztin schaute zu ihm hoch. »Schwer zu sagen«, antwortete sie. »Nach allem, was ich weiß, ist diese Blockade *normal*.«

Während der Androide über diese Information nachdachte, suchte er weiterhin ihre Umgebung nach Echsenwesen ab. Dabei fiel sein Blick auf die bewußtlosen Stationsbewohner, die nebeneinander auf dem Boden lagen.

Selbst ein Mensch hätte sofort bemerkt, daß bei ihnen eine Veränderung eingetreten war. Sogar eine sehr wichtige Veränderung. »Dr. Steinberg«, sagte er.

Die Ärztin drehte sich zu ihm um. »Ja, Data?«

»Anscheinend«, meldete er, »ist eins der Fremdwesen *verschwunden.*«

Dr. Steinbergs Reaktion war Ungläubigkeit. »Das ist unmöglich«, erwiderte sie. »Wir hätten es bemerkt...«

Unter den wachsamen Blicken der Kadetten ging sie durch den Raum und zählte die bewußtlosen Gestalten. Wie der Androide erklärt hatte, lagen dort nur vier von ihnen, keine fünf, wie noch vor einer Weile. Die Ärztin schaute sich um; zweifellos fragte sie sich, wie dies möglich gewesen war.

»Mein Gott«, sagte sie schließlich, nachdem sie sich mit eigenen Augen überzeugt hatte. »Sie haben recht, Data. Einer von ihnen fehlt tatsächlich.«

Plötzlich schnippte Sinna mit den Fingern, eine Angewohnheit, die sie in der kurzen Zeit, die sie auf der Akademie war, von ihren menschlichen Kollegen übernommen hatte. »Einer der Außerirdischen verschwindet...«, sagte sie und ließ die Bemerkung verhallen.

Der Androide folgte ihrem Blick auf die andere Seite des Raums... wo das Echsenwesen noch immer leblos auf dem Beet mit den purpurnen Blumen lag. Abrupt verstand Data.

»Ein Außerirdischer verschwindet, und ein Echsenwesen erscheint«, sagte er und beendete damit Sinnas Gedankengang.

»Nein«, murmelte Kadett Majors, als er die Möglichkeit in Betracht zog und sofort verwarf. »Das muß ein Zufall sein.«

Doch Petros schien Majors nicht gehört zu haben. Stirnrunzelnd schaute sie Data an. »Willst du damit etwa sagen ...«

Der Androide sah den Rest ihrer Frage voraus und nickte. »In der Tat«, bekräftigte er. »So bizarr es klingt ... das Echsenwesen, das uns gerade angegriffen hat, könnte ein paar Sekunden zuvor noch ein bewußtloser Außerirdischer gewesen sein.«

Dr. Steinberg räusperte sich leise. »Das würde auch die Anwesenheit der Echsengeschöpfe auf dieser Station erklären. Bei ihnen *allen* könnte es sich um Außerirdische handeln, die zuerst in ein Koma fielen und sich dann irgendwie zu diesen primitiven, wilden Versionen zurückentwickelten.«

»Aber warum«, fragte Petros, »sollten sie sich ausgerechnet *diesen* Zeitpunkt aussuchen, um ihre Metamorphose zu vollziehen?«

»Das könnte eine Folge der Strahlung sein«, warf Data ein.

Die Ärztin nickte. »Vielleicht kontrolliert diese blockierte Drüse, die ich in dem Echsenwesen gefunden habe, den Metabolismus der Außerirdischen. Wenn sie normal funktioniert, hält sie die Außerirdischen in ihrem entwickelten Stadium –

und wenn sie blockiert ist, entwickeln sie sich zu Tieren zurück.«

»Das könnte es sein«, sagte Sinna. »Schließlich würde keine Spezies einen Raumflug antreten, wenn sie damit rechnen muß, sich auf halber Strecke zu primitiven Kreaturen zurückzuentwickeln.«

Steinberg drehte sich zu Petros um, die zu ihrer inoffiziellen Zeitnehmerin geworden war. »Wie lange sind wir schon hier?« fragte die Ärztin.

Der Kadett antwortete schnell und präzise. »Zwei Stunden und siebenundvierzig Minuten, Sir. Noch etwas mehr als drei Stunden bis zur Planetenzündung.«

Dr. Steinberg betrachtete die vier verbliebenen Außerirdischen zweifelnd. »Unter diesen Umständen«, sagte sie, »können wir die Möglichkeit, diese Wesen zu evakuieren, wohl ausschließen. Oder wir würden vielleicht feststellen, daß wir in einem Augenblick bewußtlose Außerirdische und im nächsten wilde Echsenwesen tragen.«

»Also gehen wir zum ...«

Bevor der Kadett den Satz beenden konnte, bäumte die Station sich erneut auf. Es war nicht so schlimm wie beim zweiten Beben, doch immerhin wurden sie alle auch diesmal von den Füßen gerissen.

Der Androide hatte sich als erster wieder erhoben und wollte Dr. Steinberg hochhelfen, doch sie winkte ab. »Das bin ich allmählich leid«, erklärte sie. Sie wischte sich eine Haarlocke aus den Augen und wandte sich wieder an Petros. »Was wollten Sie sagen?«

Petros zuckte mit den Achseln. »Es hat den Anschein, uns bleibt keine andere Wahl, als nach dem Operationszentrum zu suchen.«

Sinna nickte. »Eine andere Wahl haben wir wohl nicht, oder?«

Kadett Majors sah sie an. »Ich bin nicht dieser Meinung«, sagte er ruhig.

7

Der Androide schwieg, während Kadett Majors sich an Dr. Steinberg wandte. »Sir«, fragte er, »sind Sie absolut sicher, daß Sie sich dort hinauswagen wollen? Wir würden nur herumirren und herauszufinden versuchen, wo die Operationszentrale ist. Und dabei wären wir Freiwild für alle Geschöpfe auf der Station.«

Die Ärztin betrachtete Majors einen Augenblick lang und überdachte seinen Einwand zweifellos im Licht seiner hervorragenden Reputation an der Akademie. »Glauben Sie mir«, sagte sie schließlich, »ich habe darüber nachgedacht. Aber wenn wir diese Wesen retten wollen, müssen wir ein paar Risiken eingehen.«

Ohne jede weitere Diskussion ging Steinberg dann zur Tür. Data sah, daß Majors' Stirnrunzeln stärker wurde, bevor er – zähneknirschend, wie es den Anschein hatte – der Ärztin folgte.

Der Androide fragte sich, ob Kadett Majors vielleicht nicht doch recht hatte. Schließlich hatte er in taktischen Angelegenheiten eine umfassendere Ausbildung als die Ärztin bekommen. Dr. Steinberg war in die Führungsrolle hineingedrängt worden, doch dabei handelte es sich eindeutig nicht um ihr Fachgebiet.

Als Data diese Möglichkeit abwog, machte er aus dem Augenwinkel eine Bewegung aus. Ein grüngelber Streifen schoß von einem Strauch zum nächsten.

Ein Echsenwesen, dachte er. Er zog seinen Phaser und wartete darauf, daß es sich erneut zeigte.

»Data«, sagte die Ärztin, blieb stehen und sah ihn an. In ihrer Stimme lag ein Anflug von Beunruhigung. »Was ist los? Haben Sie ein weiteres Geschöpf gesehen?«

»Ja«, erwiderte der Androide, ohne den Blick von der Stelle zu nehmen, an der er das Geschöpf vermutete. »Vielleicht ist es auch dasjenige, das uns bereits angegriffen und sich nun von Sinnas Phaserstrahl erholt hat.«

»Lassen wir es hier zurück«, befahl Dr. Steinberg. »Wir verschwinden sowieso jeden Augenblick von hier.«

»Mit allem gebührenden Respekt, Sir«, warf Sinna ein, »es könnte uns auf den Gang folgen. Wir sollten uns lieber jetzt damit befassen und müssen uns dann später keine Sorgen mehr darüber machen.«

»Außerdem«, fügte Petros hinzu, »könnte es die Außerirdischen verletzen.«

Ein anderer Offizier hätte vielleicht Anstoß an der Dreistigkeit der Kadetten genommen. Dr. Steinberg schien jedoch Wert auf die Meinung anderer zu legen, ganz gleich, um wen es sich dabei handelte.

»Na schön«, sagte die Ärztin. »Wir befolgen Kadett Sinnas Rat. Aber sobald wir das Geschöpf betäubt haben, verschwinden wir von hier.« Sie fuhr mit der Zunge über ihre Lippen, und ihre Blicke huschten von einem Teil des botanischen

Gartens zum anderen. »Was auch immer Sie tun, bleiben Sie zusammen. Ich will, daß jeder Deckung hat.« Eine Pause. »Gehen Sie voran, Data.«

Der Androide tat wie geheißen. Er bahnte sich zwischen der fremdartigen Flora den Weg und schaute nach rechts und links. Von dem Geschöpf war nichts mehr zu sehen; nicht mal ein Aufblitzen der Schuppen verriet es.

»Ich habe es!« rief Majors plötzlich.

Gleichzeitig brannte sich ein purpurroter Strahl durch die Luft und zerfetzte ein spinnenförmiges Gebüsch mit schwarzen Blättern und gelben Blumen. Noch während die angesengten Blätter zu Boden fielen, liefen die Kadetten zu der Stelle hinüber.

Aber da war kein Echsenwesen. Alle sahen Majors an, der ihre Blicke wütend erwiderte.

»Ich dachte, ich hätte es erwischt«, bellte er. Auch seine Stimme klang wütend. Sein Gesicht rötete sich, bis es die gleiche Farbe wie der Phaserstrahl aufwies. »Ich begreife nicht, wie ich …«

Data war zu abgelenkt, um genau mitzubekommen, was dann geschah. Doch die Auswirkungen wurden schmerzhaft offensichtlich, besonders für Dr. Steinberg – die verzweifelt ein zischendes Echsenwesen umklammerte, um zu verhindern, daß es ihr die Kehle herausriß.

Majors zielte mit dem Phaser auf das Geschöpf – doch bevor er schießen konnte, stieß Petros die Waffe beiseite. »Du triffst die Ärztin!« rief sie.

Der Androide erkannte die Klugheit von Petros' Warnung. Ihm wurde klar, daß ihm nur noch eine andere Möglichkeit offenstand. Erneut ließ er sich

nicht durch die Gefahr einschüchtern, daß sein neurales Netz zerstört werden konnte. Er warf sich auf das Geschöpf und riß es von Dr. Steinberg zurück.

Um es nicht loslassen zu müssen, schlug der Androide das Wesen gegen den Boden. Aus Angst, es zu töten, wagte er nicht, seine gesamte Kraft einzusetzen, doch der Aufprall genügte, um es kurz benommen zu machen.

Mehr Zeit brauchten die Kadetten nicht. Zwei Phaserstrahlen trafen das Geschöpf nacheinander, und es erschlaffte in Datas Griff.

Der Androide richtete seine Aufmerksamkeit auf Dr. Steinberg und stellte fest, daß sie schwer verletzt war. Obwohl ihr Schutzanzug nicht beschädigt worden war, färbte die Haut an ihrer Schläfe sich bereits dunkelrot. Dort bildete sich eine große, schmerzhaft aussehende Schwellung. Es war durchaus möglich, daß sie auch innere Verletzungen davongetragen hatte.

»Data ...«, stöhnte sie durch zusammengebissene Zähne. »Mein Injektor ...«

Der Androide fand das Gerät an der Außenseite des Schutzanzuges, löste es und gab es ihr. Mit zitternden Fingern gab die Ärztin die nötigen Informationen ein und drückte das Gerät dann gegen ihren Oberarm. Es verabreichte ihr die von ihr angeforderte Zusammensetzung direkt durch das Material des Schutzanzugs.

Eine Sekunde später entspannte die Ärztin sich etwas. Auch ihre Gesichtsmuskulatur schien sich zu lockern.

»Ein Schmerzmittel«, erklärte Steinberg stöhnend. »Macht mich benommen ... furchtbar benommen… geht aber nicht anders…« Sie hob die Hand und bedeutete dem Androiden, sich zu ihr herabzubücken. »Kann kaum noch etwas sehen…«, flüsterte sie. »Und nicht mehr klar denken. Aber…« Ihre Nasenflügel blähten sich vor Anstrengung auf, nicht das Bewußtsein zu verlieren. »Ich brauche schnell medizinische Hilfe… sonst sterbe ich.«

Mittlerweile hatten die anderen Kadetten sich um sie versammelt. Sinna und Petros zuckten zusammen, als sie ihre verletzte Anführerin sahen. Lediglich Kadett Majors beobachtete den Garten, damit kein anderes Geschöpf sie überraschend angreifen konnte.

»Was sollen wir tun?« fragte der Androide die Ärztin.

Dr. Steinberg schluckte. »Bringen Sie mich irgendwohin… wo ich vor diesen Geschöpfen *sicher* bin, Data. Dann suchen Sie… die…«

Bevor sie den Satz beenden konnte, fielen ihre Augen zu, und ihr Kopf rollte zur Seite. Besorgt scannte der Androide mit seinem Tricorder ihre Lebenszeichen.

Die Ärztin war zwar bewußtlos, doch ihr Zustand war stabil. Leider gab es keine Garantie, daß dies auch so bleiben würde.

»Was hat sie uns sagen wollen?« fragte Petros. »Was sollen wir tun, nachdem wir sie an einen sicheren Ort gebracht haben?«

»Dasselbe, was sie uns zuvor befohlen hat«, sagte Sinna. »Wir sollten das Operationszentrum suchen und feststellen, ob wir die Station aus dem Asteroidengürtel manövrieren können.«

Die Yanna schaute Glen Majors an, als erwartete sie, daß er ihr widersprach, wie er es zuvor getan hatte. Doch der Kadett im zweiten Jahr sah sie nicht mal an. Er war bleicher denn je und hatte den Blick auf Dr. Steinberg gerichtet.

Data trat zu Majors, doch der Mensch schien ihn gar nicht zu bemerken. »Alles in Ordnung?« fragte er.

Schließlich sah Majors ihn an. Doch er antwortete nicht. Er knirschte lediglich mit den Zähnen, schaute wieder zu der Ärztin hinab und starrte sie an.

Es dauerte eine Weile, aber dann hatten die Kadetten endlich gefunden, was Dr. Steinberg verlangt hatte: einen sicheren Ort. Eine Kabine, die vor den Echsenwesen sicher war.

Die Suche wäre vielleicht schneller vorangegangen, doch während sie durch mehrere Gänge und Wartungsröhren schritten, mußten sie immer wieder den Echsenwesen ausweichen, die die Station durchstreiften.

Mehrmals warnte Datas Tricorder ihn, daß sie Gefahr liefen, von den Geschöpfen eingekreist zu werden. Doch jedesmal gelang es den Kadetten, ihnen zu entgehen, ohne daß es zu einer Begegnung kam.

Als sie in der Kabine saßen, die Rücken gegen die Wände gelehnt, die reglose Gestalt der Ärztin zwischen ihnen ausgestreckt, nahmen der Androide und seine Gefährten sich einen Augenblick Zeit, um ihre Lage zu durchdenken.

»Einer von uns muß bei Dr. Steinberg bleiben«,

sagte Sinna schließlich, »während die anderen versuchen, das Operationszentrum zu finden.«

Abrupt schüttelte Kadett Majors – der bis zu diesem Moment geschwiegen und teilnahmslos dagesessen hatte – den Kopf. »Nein«, erklärte er geradeheraus. »Wir gehen nicht zum Operationszentrum. Wir warten genau hier, wo wir sind, bis Hilfe eintrifft.«

Data stellte fest, daß Majors noch bleicher als zuvor wirkte. Und er schwitzte viel stärker als Sinna oder Petros.

Petros betrachtete den Kadetten im zweiten Jahr leicht überrascht. »Aber Dr. Steinberg hat doch gesagt, sie will, daß wir …«

»Dr. Steinberg ist nicht mehr Leiterin dieser Mission«, stellte Majors klar. »*Ich* bin es. Ich habe hier den höchsten Rang. Und *ich* sage, wir bleiben, wo wir sind.«

Es traf zu, daß Majors der ranghöchste Kadett unter ihnen war, überlegte der Androide. Doch er hatte auf der Akademie gelernt, daß der Befehl eines Kommandooffiziers befolgt werden mußte, ganz gleich, was geschah – und auch in der Abwesenheit dieses Offiziers.

Und das sagte er.

»Augenblick mal«, warf Sinna ein und lächelte Data zu. »Das stimmt, oder? Wir müssen Dr. Steinbergs Anweisung befolgen, ganz gleich, wer ranghöher und wer rangniedriger ist.«

Majors schluckte heftig. »Hört mir zu«, sagte er. Seine Stimme klang dünner als normal. »Es ist zu gefährlich, zum Operationszentrum vorzustoßen. Zum einen wissen wir noch immer nicht, wo es sich befindet. Und selbst, wenn wir es finden sollten, kann unser Freund, der Androide, dort vielleicht nicht so viel erreichen, wie er hofft.« Er fuhr mit der Zunge über seine Lippen. »Das beste ist es, hier zu warten, bis der Captain ein weiteres Team schickt.«

Wie immer zögerte Data, Glen Majors' Urteil in Frage zu stellen. Von ihnen allen hatte Majors die größte Erfahrung mit solchen Szenarios – zumindest was Simulationen auf der Akademie betraf. Und außerdem stand Majors wirklich bei allen, mit denen der Androide je gesprochen hatte, im Ruf, das Zeug zum Führungsoffizier zu haben.

Und doch...

Data richtete sich auf. »Ich glaube nicht, daß es das beste ist, einfach hier zu warten«, wandte er ein. »Wenn wir zu lange warten, könnte Dr. Steinberg sterben. Außerdem...«

Data zögerte. Schließlich sprach er mit Glen Majors. Mit jenem Glen Majors, den er vor gar nicht langer Zeit wegen seines Selbstbewußtseins sich zum Vorbild genommen hatte.

Doch irgendwie war er nicht mehr überzeugt, daß es mit diesem Selbstbewußtsein so weit her war.

»... bin ich vielleicht fähiger, als einige hier glauben«, beendete er den Satz.

Majors wirkte zuerst erstaunt. Dann funkelte er den Androiden mit zusammengekniffenen Augen an, und auf seinen Lippen bildete sich ein grausames Lächeln.

»Stellt euch das mal vor«, sagte er leise. »Dieser mechanische Mensch glaubt, er weiß mehr als ich.«

Einen Augenblick lang arbeiteten die Muskeln in seinen Schläfen. »Na schön, Data. Wenn du uns zeigen willst, wie klug du bist… nur zu!«

Der Mensch stand auf, ging durch den kleinen Raum und schaute von seiner vollen Größe auf Data hinab. Er richtete einen Zeigefinger auf den Androiden – einen Zeigefinger, der vor kaum im Zaum gehaltenen Emotionen zitterte.

»Aber *ich* habe hier noch das Kommando«, knirschte Majors. »Ich bin noch immer der Ranghöchste. Und wenn dein kleiner Plan scheitert, werde *ich* mir eine Möglichkeit ausdenken müssen, uns hier rauszubringen.«

Zum erstenmal wurde Data klar, daß Sinna vielleicht recht gehabt hatte, was ihre Einschätzung von Glen Majors betraf. Der Androide wußte nicht viel über Führungseigenschaften, aber ihm war klar, daß ein guter Kommandant nicht zulassen durfte, daß seine Gefühle die Oberhand bekamen.

Vielleicht, sagte er sich, *ist Kadett Majors doch kein so gutes Vorbild.*

8

Es erwies sich als verhältnismäßig einfach, den Weg zum Operationszentrum der Station zu finden. Data mußte lediglich den Kabelbündeln in den Rohren folgen, durch die sie schon die ganze Zeit über geklettert waren.

Wo die Bündel dicker wurden, näherten sie sich zweifellos ihrem Ziel. Wo sie dünner wurden, entfernten sie sich von ihm.

»Und das hast du schon die ganze Zeit über gewußt?« fragte Sinna, als sie direkt vor Kadett Majors durch die Röhre krochen. Trotz Majors' früherer Aussage zeigte er kein besonderes Interesse daran, sie zu führen.

»Ich habe es nicht *gewußt*«, berichtigte der Androide sie, »sondern lediglich vermutet. Auch jetzt gibt es noch keinen Beweis dafür, daß meine Annahme richtig ist – obwohl ich der Ansicht bin, daß wir dies bald herausfinden werden.«

»Du meinst, wir sind fast da?« fragte die Yanna. Es war verständlich, daß diese Aussicht sie erleichterte.

»Aufgrund meiner Schätzung der Größe dieser Station«, erwiderte Data, »würde ich sagen, wir sind nicht weiter als dreihundert Meter vom Operationszentrum entfernt. Wenn wir es in den nächsten Minuten nicht erreichen, wissen wir, daß meine Hypothese in der Tat unbegründet war.«

»Und dann müssen wir von vorn anfangen«, stellte Sinna fest.

Der Androide nickte. »Ja, eine Unannehmlichkeit, und zwar eine sehr große. Für Dr. Steinberg könnte sich diese Verzögerung als tödlich erweisen.«

Petros hatte sich freiwillig gemeldet, zurückzubleiben und auf die Ärztin aufzupassen. Doch viel konnte sie für Steinberg nicht tun. Wie die Ärztin selbst gesagt hatte, benötigte sie die Hilfe der Krankenstation auf der *Republic*.

Abrupt hielt Data an und schaute über seine Schulter zu Majors zurück. Der Kadett im zweiten Jahr, der mit gesenktem Kopf durch die Röhre kroch, bemerkte nichts von dem Verharren des Androiden. Sinna sah es jedoch sofort.

»Was ist los?« fragte sie Data.

Der Androide lauschte mit aller Konzentration, die er aufbringen konnte. Einen Augenblick später wurde seine Anstrengung belohnt – falls man ein knurrendes Geräusch in der Ferne als Lohn ansehen konnte.

»Die Geschöpfe«, sagte er zu seiner Freundin. »Ich höre sie. Sie kommen näher.« Er zeigte an Majors vorbei, in die Richtung, aus der sie gekommen waren. »Aus dieser Richtung«, erklärte er.

»Die Geschöpfe?« wiederholte Majors, der plötzlich aus seiner Träumerei erwachte. Er starrte den Androiden hohläugig an. »Sie dürfen uns hier nicht erreichen. In dieser engen Röhre haben wir nicht die geringste Chance gegen sie.«

Data erwiderte seinen Blick. »Wir haben wohl keine Wahl«, erklärte er. »Es ist kein Ausgang in

Sicht. Ich schlage vor, daß Sie und Kadett Sinna an mir vorbeikriechen und in Bewegung bleiben. Ich werde versuchen, uns alle zu schützen.«

»Nein«, erwiderte die Yanna mit ernstem und entschlossenem Gesichtsausdruck. »Ich lasse nicht zu, daß du dich für uns opferst.«

Der Androide zog seinen Phaser und vergewisserte sich, daß er auf schwere Betäubung eingestellt war. »Ich habe nicht die Absicht, mich zu opfern«, sagte er zu Sinna. »Diese Röhre ist einfach zu eng, als daß mehr als einer von uns eine Verteidigung errichten könnte. Und als derjenige, der am schnellsten und treffsichersten schießen kann, ist es nur logisch, daß ich die Nachhut bilde.«

Dagegen fand die Yanna keinen Einwand. Mit verkniffenem Gesicht kroch sie an Data vorbei. Majors folgte ihr auf dem Fuße; offensichtlich war er nicht versessen darauf, mit den Echsen in Berührung zu kommen.

Als die anderen Kadetten endlich vor ihm waren, klang das Knurren schon wesentlich lauter. Und nach ein paar weiteren Sekunden erhaschte Data den ersten Blick auf das vorderste der Geschöpfe, die ihnen durch die Röhre folgten.

Der Androide zielte sorgfältig und schoß. Der feuerrote Strahl des Phasers traf das Echsenwesen mitten in die Brust. Als es auf dem Boden der Röhre zusammenbrach, tauchten in seinem Kielwasser zwei weitere auf.

Eins davon konnte Data ausschalten, aber das andere nicht – zumindest nicht sofort. Und als er erneut zielte, tauchten zwei weitere Geschöpfe auf

und hetzten an ihren bewußtlosen Rudelangehörigen vorbei.

Nicht einmal der Androide bekam genau mit, was nun folgte. Noch während er mit den Betäubungsstrahlen mehrere Echsenwesen ausschaltete, gelang es einigen anderen, sich aufgrund ihrer hohen Geschwindigkeit an ihm vorbeizuzwängen. Mittlerweile griffen auch Sinna und Majors in das Geschehen ein und schossen in der engen Röhre so zielsicher, wie sie es vermochten.

Es war das reinste Chaos. Data stellte plötzlich fest, daß er mit einem der Geschöpfe rang. Kaum hatte er es so heftig gegen die Wand der Röhre geschlagen, daß es das Bewußtsein verlor, als ihn auch schon ein weiteres ansprang.

Doch zum Glück für den Androiden und seine Gefährten währte der Kampf nicht sehr lange. Als es wieder still in dem Rohr war, zählte Data insgesamt neun bewußtlose Echsenwesen, doch keiner der Kadetten war schwer verletzt worden, auch wenn ihre Schutzanzüge hier und da aufgerissen waren.

Besonders der des Androiden wies mehrere lange Risse auf. Doch er war schon vor diesem Kampf nicht im besten Zustand gewesen. Seine vorherigen Konfrontationen mit den Geschöpfen hatten ihren Tribut gefordert.

»Einfach toll«, sagte Majors und inspizierte einen kleinen Riß in seiner Schutzkleidung. »Wie lange kann ich diese Strahlung ertragen?«

»Ich würde mir darüber keine großen Gedanken machen«, sagte Data zu ihm. »Wenn die Strahlung zum Problem wird, ist aus den Super-Jupiter-Welten schon längst eine Sonne geworden. Bis dahin werden wir entweder sicher auf der *Republic* oder von der Zündung getötet worden sein.«

Majors bedachte den Androiden mit einem vernichtenden Blick. »Danke«, murmelte er. »Jetzt fühle ich mich schon viel besser.«

»Kommt«, sagte Sinna. »Verschwinden wir von hier, bevor weitere Echsen von uns Wind bekommen.«

Diesmal ging Majors voraus. Und obwohl er gelegentlich über die Schulter zurückblickte, legte er ein bewundernswertes Tempo vor. Doch nachdem sie dem Rohr noch etwa fünfzig Meter gefolgt waren, stießen sie auf etwas, womit Data niemals gerechnet hätte.

Auf das Ende der Röhre.

Sie befanden sich in einer Sackgasse.

Zumindest traf das auf die drei Kadetten zu. Die Kabelbündel verliefen durch ein winziges Loch in der Barriere vor ihnen, wahrscheinlich in das eigentliche Operationszentrum. Doch der Androide und seine Gefährten konnten nicht mal im Traum daran denken, sich durch diese Öffnung zu zwängen.

»Das ist doch nicht zu fassen«, schnaubte Majors. Frustriert schlug er mit der Faust gegen die Barriere. »Wir sind so weit gekommen, und wofür?« Er wandte sich an Data. »Du hast gesagt, du würdest uns zum Operationszentrum bringen!« fauchte er.

»Ich habe gesagt, ich würde es versuchen«, erwiderte der Androide. »Und ich habe diesen Versuch noch nicht aufgegeben. Auch habe ich nicht erwartet, daß dieses Rohr uns direkt in die Einrichtung führt, in die wir gelangen wollen.«

»Wir sind erst vor ein paar Minuten an einem Zugangspaneel vorbeigekommen«, erinnerte Sinna sie hoffnungsvoll. »Wenn wir wirklich in der Nähe des Operationszentrum sind, müßten wir es durch einen der Gänge erreichen können.«

Majors riß die Augen weit auf. »Die Gänge? Wer weiß, wie viele dieser Echsen uns da erwarten!«

»Wenn sie schon in den Rohren sind«, stellte die Yanna fest, »sind wir nirgendwo mehr sicher. Siehst du das nicht ein?«

»Wir wären in Sicherheit, wären wir bei Steinberg und Petros in der Kabine geblieben«, hielt Majors dagegen. »Wir hätten sie nie verlassen sollen.«

»Es ist zu spät dafür, daß diese Diskussion uns weiterbringen könnte«, erinnerte Data sie. Wortlos eilte er zu dem Zugangspaneel zurück, das sie hinter sich gelassen hatten.

Sinna war so vernünftig, ihm zu folgen. Und da Kadett Majors nicht allein zurückbleiben wollte, blieb ihm keine andere Wahl, als ebenfalls mitzukommen.

Kurz darauf hatten Data und seine Gefährten das Zugangspaneel gefunden und die Röhre verlassen. Ohne jeden Zwischenfall gingen sie durch den Korridor zu einer Tür. Wie die zum botanischen Garten öffnete sie sich mit einem leisen Zischen, als die Kadetten sich ihr näherten.

Doch als die Tür sich wieder hinter ihnen schloß, stellte der Androide fest, daß sie sich nicht an dem Ort befanden, den zu erreichen sie gehofft hatten.

Dem Ausdruck auf Majors' Gesicht zufolge war dieser zu dem gleichen Schluß gelangt.

»Das ist kein Operationszentrum«, sagte er, ging durch den Raum zu dessen einziger Konsole und betrachtete den Monitor an der Wand darüber. »Das kann es nicht sein. Dieser Raum ist zu klein, zu spärlich eingerichtet.« Er bedachte Data erneut mit einem vernichtenden Blick. »Du hast es verpatzt, Blechkumpel. *Schon wieder.*«

Der Androide gestand sich insgeheim ein, daß er sich verrechnet hatte. Sie schienen sich in einer Einrichtung mit einer speziellen Aufgabe zu befinden – die sogar über eine kleine Luftschleuse verfügte. Er vermutete, daß es sich um eine Schaltstation der Ambientenkontrolle oder etwas Ähnliches handelte, aber eindeutig nicht um ein Operationszentrum. Doch es war sinnlos, nun darüber nachzudenken. Er konnte später überlegen, wieso er sich dermaßen geirrt hatte.

Falls es ein *Später* gab.

In diesem Augenblick, sagte sich Data, mußten sie ihre Situation neu einschätzen und die Schritte ergreifen, die nötig waren, um das selbstgesetzte Ziel doch noch zu erreichen. Er schritt zu der Konsole, an der Majors stand, und betrachtete den Monitor genauer.

Er zeigte mit dünnen blauen Linien einen Querschnitt der Station. Hier und da leuchteten rote und grüne Punkte auf, die vielleicht Lebenserhaltungsstationen darstellen sollten. Data legte den Zeigefinger auf den Bildschirm, begann mit dem Hangar und zog den Weg nach, den sie in der fremden Station zurückgelegt hatten.

»Was tust du da?« fragte Sinna.

»Ich versuche, unseren derzeitigen Standort zu bestimmen«, erklärte er. Einen Augenblick später hatte er ihn gefunden. »Wir scheinen *hier* zu sein«, stellte er fest und zeigte zur Erbauung seiner Gefährten auf die Stelle. »Wenn ich mich nicht irre, befinden wir uns in der Mitte der Station.«

»Und das Operationszentrum?« fragte die Yanna.

Der Androide ließ seinen Finger zur Darstellung eines etwas größeren Raums als den gleiten, in dem sie sich befanden. »Das müßte *hier* sein«, sagte er. »Etwa einhundert Meter entfernt.«

»Klar«, fauchte Majors, dessen Kiefermuskeln wieder arbeiteten. »Gehen wir auf eine weitere aussichtslose Suche. Und wie sollen wir *diesmal* dorthin kommen?«

Sinna bedachte Majors mit einem Stirnrunzeln, ging zu der Luke der Luftschleuse und kniete daneben nieder. »Zu schade, daß wir nicht *außen* um die Station herumgehen können.«

Wirklich zu schade, pflichtete Data ihr insgeheim bei. Leider waren ihre Schutzanzüge nicht für die Unbilden des Weltraums geschaffen, um so weniger, da sie beim letzten Angriff der Echsen aufgerissen worden waren.

Ihm kam eine Idee, und er legte den Kopf schräg. Sinna wußte, was diese Geste bedeutete, und kam zu ihm.

»Dir ist etwas eingefallen«, sagte sie.

»In der Tat«, gestand er ein. »Nämlich, daß einer von uns außerhalb der Station beschränkt beweglich ist.«

»Und das wärest du selbst«, stellte Sinna fest.

»Genau«, erwiderte Data. »Schließlich bewegt die Station sich nicht durch den Raum. Und da ich keine Atemluft und keine strikt kontrollierte Umgebungstemperatur benötige, kann ich eine begrenzte Zeit im Vakuum überleben. Bestimmt lange genug, um es zur nächsten Luftschleuse zu schaffen.«

»Hinter der bequemerweise das Operationszentrum liegt?« fragte die Yanna.

»Das glaube ich nicht«, antwortete der Androide und schaute wieder auf das Diagramm der Station auf dem Monitor. Er zeigte auf die nächste Luftschleuse. »Doch sie befindet sich in einem Raum, der nur ein kurzes Stück Gang von ihr entfernt liegt.«

Sinna sah ihn an. »Und wenn nicht?«

»Dann setze ich lediglich mein eigenes Leben aufs Spiel«, versicherte Data ihr, obwohl er vermutete, daß dies nicht die Antwort war, auf die sie gehofft hatte.

»Augenblick mal«, sagte Majors schnaubend und zog damit die Aufmerksamkeit seiner Begleiter auf sich. »Das wirst du auf keinen Fall versuchen.«

»Warum nicht?« fragte der Androide. Falls der Kadett einen berechtigten Einwand hatte, der verhinderte, daß er seinen Plan durchführte, wollte er ihn hören, bevor er damit anfing.

»Weil ich die Suche nach dem Operationszentrum nur zugelassen habe, um dich bei Laune zu halten«, fuhr Majors fort. »Ich hatte nie die Absicht, dir zu erlauben, die Station aus dem Asteroidengürtel zu fliegen.« Er kniff – verächtlich, wie Data nun erkannte – die Augen zusammen. »Du bist kein Pilot«, fuhr der Kadett fort. »Du hast weder den Instinkt noch die Erfahrung. Du wirst uns nur umbringen.«

Data sah ihn an. »Trotzdem«, sagte er fest, »ist das die einzige Möglichkeit, die Station und ihre Bewohner zu retten – uns eingeschlossen.«

Im Glauben, ihr Gespräch wäre damit beendet, ging der Androide zu der Luftschleuse – bis ein hellroter Lichtstrahl auf die Wand vor ihm traf und eine rauchende, schwarz verkohlte Stelle auf der Metalloberfläche hinterließ.

»Data!« rief Sinna.

Data drehte sich um und sah den Phaser in Majors' zitternder Hand. Er war genau auf den Androiden gerichtet. Und auf so geringe Entfernung konnte der Mann ihn einfach nicht verfehlen.

9

»Ich habe gesagt, du gehst nirgendwo hin«, sagte Kadett Majors und schluckte heftig. »Jetzt tretet von der Luftschleuse zurück, alle beide, und es wird keine Probleme geben.«

Die Yanna tat wie geheißen. Doch Data legte lediglich den Kopf schief. Es gab nur eine Möglichkeit, ihr Überleben zu sichern – soviel stand für ihn fest. Wie war es nur möglich, daß Majors dies nicht einsah?

»Das ist keine logische Reaktion«, sagte er zu dem Kadetten. »Die Zeit wird knapp. Nicht nur für Dr. Steinberg, sondern für uns alle.«

»Nein!« schrie Majors.

Er trat einen Schritt auf den Androiden zu und verringerte damit den Abstand zwischen ihnen noch mehr. Majors' freie Hand ballte sich zu einer Faust zusammen. »Captain Clark hat genug Zeit, um sich zusammenzureimen, was hier passiert ist. Sie wird jemanden schicken, der uns holt. Und wir alle kommen hier heraus, bevor der Planet zündet.«

»Vielleicht«, gestand Data ein. »Aber es gibt keine Garantie dafür. Und selbst wenn es dem Captain gelingt, *uns* von der Station zu holen, bleibt keine Zeit mehr, die Besatzung zu retten … oder die Echsenwesen.« Er hielt inne. »Oder der Ärztin die medizinische Versorgung zukommen zu lassen, die sie benötigt.«

Aber Majors schüttelte lediglich den Kopf – und das viel zu schnell, als daß er auch nur ein Wort von dem verstehen konnte, was der Androide ihm sagte.

»Nein, nein, *nein*«, stöhnte er. »Wir dürfen nicht versuchen, die Station zu bewegen. Wir müssen auf den Captain warten. Das ist die einzige Möglichkeit, wie wir lebend die Station verlassen können.«

Während Majors seine Tirade fortsetzte, schien er Sinna völlig vergessen zu haben. Sie hatte es bemerkt und nutzte die Situation, indem sie sich ihm langsam von der anderen Seite näherte.

Doch die Yanna war noch zu weit von Majors

entfernt, um ihn niederschlagen zu können. Und wenn ihm klar wurde, was sie vorhatte, würde er mit ihr vielleicht genau das tun, was er auch mit der Wand getan hatte. Data mußte dafür sorgen, daß es nicht dazu kam – und das konnte er nur, indem er dafür sorgte, daß Majors sich weiterhin auf *ihn* konzentrierte.

Die Fähigkeit, jemanden zu täuschen, war nicht gerade seine Stärke. Eigentlich war er dazu gar nicht imstande. Doch in diesem Fall mußte Data versuchen, die Grenzen seiner Programmierung zu überschreiten. Er mußte versuchen, seiner Freundin Deckung zu geben, oder Majors' Phaserstrahl würde sie aufspießen.

»Äh … angenommen, Sie haben recht«, sagte der Androide zu dem Kadetten im zweiten Jahr. »Angenommen, der Captain rettet uns aus dieser Zwangslage. Was wird sie darüber sagen, wie wir uns verhalten haben? Wie wird ihr Bericht über uns aussehen? Schließlich ist es uns ja nicht gelungen, den Stationsbewohnern zu helfen.«

Majors riß die Augen auf, als er darüber nachdachte. »Du hast recht«, murmelte er. »Alles, wofür ich gearbeitet habe … all diese Jahre … es war für die Katz. Man wird mich von der Akademie werfen.«

Mit jedem Wort kam Sinna ihrem Ziel näher. Aber sie war Majors noch nicht nah genug.

Abrupt leuchteten dessen Augen auf. »Außer … sie findet gar nicht heraus, was passiert ist.« Er lächelte Data schief an. »Und das wird sie nicht … wenn niemand es ihr sagen kann.«

»Was meinen Sie damit?« fragte der Androide.

»Ich meine damit«, erklärte der Kadett im zweiten Jahr, »daß die Überlebenden die Geschichtsbücher schreiben. Das hättest du auf der Akademie gelernt, hättest du nur lange genug gelebt.«

»Kadett Majors«, sagte Data, »überlegen Sie, was Sie tun. Sie müssen sich fragen, ob es wert ist, ein Leben auszulöschen, nur um Ihre Karriere bei Starfleet zu retten.«

Der Kadett im zweiten Jahr nickte. »Ja, das ist es wert. Außerdem ... du lebst ja gar nicht richtig. Du bist nur ein Eimer Bolzen, der *glaubt*, daß er lebt. Und was deine Freundin betrifft, die Yanna ...«

Als er Sinna erwähnte, schien er zu begreifen, was hier vorging. Er wirbelte herum und stellte fest, daß sie direkt hinter ihm stand und gerade zuschlagen wollte. Doch da er seinen Phaser direkt auf ihren Leib richtete, konnte er zuerst zuschlagen.

Und er hätte es mit größter Wahrscheinlichkeit auch getan, hätte Data nicht übermenschlich schnell reagiert. Er streckte die Hand aus, ergriff Majors an der linken Schulter und wirbelte ihn herum, so daß der Phaserstrahl einen schwarzen Streifen in die Wand und nicht in Sinna schnitt. Mit der anderen Hand ergriff der Androide dann das Gelenk des Kadetten und drückte lediglich mit einem Bruchteil seiner gewaltigen Kraft zu.

Majors konnte den Phaser nicht mehr festhalten, und er fiel scheppernd zu Boden. Sinna bückte sich blitzschnell und hob ihn auf. Erst dann ließ Data den Kadetten los.

Kaum konnte Majors sich wieder bewegen, als er auch schon zu einem Schlag ausholte. Damit hatte der Androide nicht gerechnet, doch er sah ihn noch rechtzeitig kommen, konnte den Kopf zur Seite bewegen und der Faust ausweichen. Data duckte sich noch unter einem zweiten Schwinger hinweg und stieß den Mann dann mit äußerster Vorsicht, um ihn nicht zu verletzen, gegen eine der Wände.

Majors drehte sich zu dem Androiden um; sein Gesicht war eine gequälte Maske von Gefühlen, die Data nicht deuten konnte. »Du hast mich reingelegt!« bellte er.

»Ja«, sagte Sinna und lächelte grimmig, während sie den Phaser auf den Kadetten richtete. »Ziemlich gut für einen Blechkumpel, meinst du nicht auch?«

Die Ironie entging dem Androiden nicht, auch wenn er sich entschloß, keinen Kommentar dazu abzugeben. »Wenn du auf Kadett Majors aufpaßt«, sagte er zu der Yanna, »werde ich mich in die Luftschleuse begeben.«

Sinna nickte. »Viel Glück, Data.«

»Danke«, erwiderte der Androide. Dann zog er das Schott der Luftschleuse auf, kroch hinein und schloß es hinter sich wieder. Ein paar Meter vor ihm sah er die Außentür – diejenige, hinter der sich das Vakuum des Alls befand.

Er zog seinen Tricorder hervor und sah nach, wie spät es war. Viel Zeit blieb ihnen nicht mehr. Es war viereinhalb Stunden her, seit sie die *Republic* verlassen hatte. In fünfundfünfzig Minuten würden sie alle verbrennen – wenn sein Plan nicht funktionierte.

Data steckte den Tricorder wieder zurück und ging zur äußeren Tür. Er zog daran, und sie ließ sich genauso leicht öffnen wie die innere. Der

Androide steckte den Kopf in das vom Sternenlicht erhellte Vakuum.

Es gab nicht den geringsten Zweifel daran, daß die Station von Asteroiden umgeben war. Doch denjenigen, mit dem sie zusammengeprallt war, konnte er von hier aus nicht sehen, was aber kein Wunder war, da er sich auf der anderen Seite der Station befand.

Data machte die Reihe der Handgriffe aus, die zwischen zwei größeren weißen Zapfen auf der Hülle der Station verlief, von der Luftschleuse zu einer Stelle, die er nicht sehen konnte. Doch auch, wenn er diesen Punkt im Augenblick nicht lokali-

sieren konnte, war er sein Ziel – das Operationszentrum.

Der Androide zog sich aus der Luftschleuse, hielt sich am ersten Griff fest und machte sich an die ungewöhnlichste Reise, die er je angetreten hatte.

Data kam nicht umhin, sich seine Gedanken über den ruhigen und hinreißenden Abgrund des Weltraums zu machen. Es war ganz anders, als wenn er das All durch ein Bullauge betrachtete. Er stand auf der Außenhülle eines Schiffes oder einer Raumstation, schaute in den Weltraum hinaus und war gleichzeitig von ihm getrennt und fern.

Doch in diesem Augenblick kam es Data vor, als sei er ein *Teil* des Alls, als sei er Bestandteil eines größeren Plans, eines Himmelsdramas, von dem die meisten Menschen nie etwas erfuhren. Es überraschte ihn, daß er es so sah, doch er konnte nichts daran ändern.

Aber die größte Überraschung überhaupt war der überwältigend spektakuläre Anblick der beiden Planeten des Super-Jupiter-Typs, die in Kürze zusammenprallen und eine neue Sonne bilden würden. Auf der großen Leinwand des Sternenhintergrunds wirkte dieser Anblick so bezwingend ... so außergewöhnlich ... daß der Androide sich bewußt davon abhalten mußte, nicht innezuhalten und ihn zu betrachten.

Der größere der beiden Gasriesen – derjenige, der tatsächlich zu einer neuen Sonne entflammen würde – präsentierte sich als dunkelgelbe Kugel, die von silbernen und braunen Bändern durchzogen wurde. Der kleinere Gasriese war hellblau.

Und zwischen ihnen, dort, wo die im Wettstreit miteinander liegenden Gravitationskräfte das Licht und andere Energien bogen, konnte Data zuckende Fäden aus hellem Purpur ausmachen.

Alles in allem war es ein sehr fesselnder, ein sehr faszinierender Anblick. Obwohl Data keine Gefühle per se empfinden konnte, hatte er schon vor langer Zeit seine Fähigkeit erkannt, wunderschöne Dinge zu schätzen, und hierbei handelte es sich mit Sicherheit um das schönste Phänomen, das er bislang je gesehen hatte.

Was hätte Captain Thorsson von der *Tripoli* gesagt, hätte er den Androiden jetzt sehen können? Schließlich war Thorsson derjenige gewesen, der Data überhaupt erst ermutigt hatte, Starfleet beizutreten. Das war die einzige Möglichkeit, hatte der Captain ihm gesagt, wie er seine gewaltige Neugier über das Universum würde befriedigen können.

Und bereits nach ein paar Wochen tat Data genau das.

Natürlich konnte er nur sehr wenig Trost aus dieser Tatsache ziehen. Er mußte schließlich noch immer das Operationszentrum der Raumstation erreichen, und zwar so schnell wie möglich, bevor das Spektakel der zusammenprallenden Gasriesen zu einer Szene der Vernichtung wurde. Er wandte sich von den beiden Planeten ab und konzentrierte sich auf die vor ihm liegende Aufgabe.

Von einem Griff zum anderen fassend, zog er sich auf der Hülle der Station entlang. Angesichts der Schwerelosigkeit war dazu keine große Anstrengung nötig. Jedes Kind hätte diese Aufgabe bewältigen können, vorausgesetzt, es hätte hier draußen überleben können.

Er arbeitete sich auf diese Weise vor, und kurz darauf kam die nächste Luftschleuse in Sicht. Nun, da er sein Ziel fast erreicht hatte, dachte der Androide darüber nach, wie er jetzt vorgehen sollte. Zum Glück hatte er noch seinen Phaser. Ansonsten hätte er vielleicht mit der Faust Löcher in die Außenhülle schlagen müssen, um sich wieder Zutritt zur Station zu verschaffen.

Data war gerade zu dieser Schlußfolgerung gelangt, als die Metalloberfläche unter ihm spürbar erzitterte. Gerade noch rechtzeitig hielt er sich an dem Griff fest – denn einen Augenblick später bäumte die Station sich heftig unter ihm auf und hätte ihn fast abgeschüttelt.

Sie bockte weiterhin wie ein tollwütiges Weltraumbiest unter ihm, und jedes Beben war heftiger als das vorhergehende. Der Androide schaffte es mit knapper Not, sich an der Hülle festzuhalten, die Wange gegen die kalte, harte Außenhülle gedrückt, und konnte lediglich hoffen, daß die Kraft seiner künstlichen Gliedmaßen der vor ihm liegenden Aufgabe gewachsen war.

Trotzdem war er so geistesgegenwärtig, nach der Ursache der Beben Ausschau zu halten. Direkt über dem linken Horizont, auf der anderen Seite der Station, sah Data den fernen blauen Schimmer von Schubdüsen.

Offensichtlich hatte Commander Sierra mit seiner Einschätzung der Situation richtig gelegen. Das Antriebssystem der Station war noch aktiv, aber irgendwie beschädigt worden. Und wenn es nun wieder ansprang, trieb es die Station nur noch tiefer in den Asteroiden hinein.

Data führte den größten Kampf seines noch kurzen Lebens. Irgendwie mußte er sich weiterhangeln. Er wußte genau, wenn er auch nur ein einziges Mal nicht richtig zugriff, würde er in die Leere des Alls davongetrieben werden.

Dann hätte er keine Möglichkeit mehr, zur Station zurückzukehren; und es war auch höchst unwahrscheinlich, daß die *Republic* ihn noch rechtzeitig fand. Er würde einfach bis zur Zündung der Super-Jupiter-Welten durchs All treiben. Und nicht einmal der Androide konnte erwarten, eine Feuersbrunst dieser Größenordnung zu überleben.

Das waren die Bilder, die Data in den Sinn kamen, während er sich an der Außenhülle der Station festhielt. Sie verstärkten lediglich seine Entschlossenheit, die Auswirkungen des Bebens zu überstehen. Und wenn die Gefahr nicht genügte, selbst vernichtet zu werden, trieb ihn zusätzlich das Wissen an, daß er die einzige Hoffnung für Sinna und die anderen war.

Doch ein paar Sekunden später ließen die Erschütterungen nach und hörten schließlich ganz auf. Von dem Wissen angetrieben, daß sie jederzeit wieder einsetzen konnten, hangelte der Androide sich die Griffe entlang, so schnell er konnte.

Nach ein paar Minuten hatte er die Luftschleuse erreicht.

10

Data zog seinen Phaser und justierte ihn so, daß er einen schmalen Strahl mit genügend Energie abfeuerte, um die Riegel der Luftschleuse zu durchtrennen. Dann zielte er mit fast chirurgischer Präzision und aktivierte das Gerät.

Ein winziger roter Strahl schoß aus der Emitterphalanx der Waffe und verdunstete den Riegel. Der Androide hangelte sich weiter und nahm den nächsten unter Beschuß, und den übernächsten. Dann steckte er die Waffe in die Tasche, die in seinem arg mitgenommenen Schutzanzug dafür vorgesehen war. Schließlich ergriff er behutsam die Kante des Schotts und zog daran.

Die Luftschleuse schwang problemlos an ihren Scharnieren auf. Data schlüpfte mit den Beinen zuerst hinein. Dann schloß er das Schott hinter sich und verschweißte es mit dem Phaser.

Er ging zum anderen Ende der Luftschleuse und zog die innere Luke auf. Dann zwängte er sich hindurch, bis er sich in dem Raum dahinter befand. Der Androide schaute sich in dem schwachen gelben Schein der Notbeleuchtung um und stellte fest, daß er sich in einem Frachthangar befand. Und wenn er sich nicht schrecklich verrechnet hatte, lag der Eingang zum Operationszentrum direkt den Gang entlang.

Da er damit rechnen mußte, wieder auf ein oder

zwei Echsenwesen zu treffen, zog er erneut den Phaser. Als die Türen sich dann bei seiner Annäherung öffneten, trat er aus dem Frachtraum und schaute sich um.

Keine Echsenwesen. Aber er sah eine weitere Tür. Ohne das geringste Zögern lief der Androide darauf zu. Als sie sich öffnete, enthüllte sie einen großen Raum.

Data nahm alles mit einem einzigen schnellen Blick auf. Wäre er ein Mensch gewesen, hätte er vor Erleichterung geseufzt, denn es handelte sich eindeutig um das Operationszentrum der fremden Station.

Die zahlreichen Monitorreihen waren ein Beweis dafür. Die meisten waren aktiviert, ein Zeichen dafür, daß die Systeme der Station zum größten Teil noch funktionsfähig waren.

Leider galt das nicht für die elf Wesen, die über den Kontrollkonsolen zusammengebrochen waren. Sie entstammten derselben Spezies wie die Außerirdischen, die Data im botanischen Garten gefunden hatte – und waren ebenfalls bewußtlos. Ein schneller Scan mit dem Tricorder verriet Data, daß sich hier keine Echsenwesen verbargen; doch angesichts des Umstands, daß er nur sehr wenig über den Verwandlungsprozeß wußte, konnte dies sich womöglich sehr schnell ändern.

Sein Tricorder fungierte auch als Chronometer und verriet ihm, wieviel Zeit er noch hatte. *Zweiundzwanzig Minuten,* dachte der Androide.

Nur zweiundzwanzig Minuten… und dann würde der Super-Jupiter-Planet sich in eine Sonne verwandeln. Würde die Zeit reichen?

Datas erste Priorität bestand darin, die bewußtlosen Aliens aus dem Operationszentrum zu räumen. Er entdeckte einen kleinen Nebenraum, trug die Außerirdischen hinein und sperrte sie ein, indem er die Türkontrolle mit seinem Phaser verschmolz. Dann richtete er seine Aufmerksamkeit auf die diversen Monitore.

Die einzige Frage lautete nun, ob er verwirklichen konnte, was er sich vorgenommen hatte: die Station aus dem Asteroidengürtel zu steuern. Ohne jedes weitere Zögern widmete der Androide sich dem selbstgestellten Auftrag.

Zuerst machte er sich mit der Arbeitsweise des Computersystems vertraut. Dann forderte er den Computer auf, ihm sämtliche Informationen zur Verfügung zu stellen, die er benötigte, um die Station in Bewegung zu setzen.

Es war mehr, als Data erwartet hatte. Andererseits war die Technik der Station etwas primitiver als der derzeitige Föderationsstandard – doch je primitiver ein System war, desto größer mußten im allgemeinen die Fachkenntnisse sein, um es zu bedienen.

Leider würde die Aneignung dieser Fachkenntnisse eine Weile dauern. Aber es gab keine andere Möglichkeit. Der Androide konnte lediglich die Informationen so schnell wie möglich auf den Bildschirmen vor ihm abrollen lassen und versuchen, Schritt zu halten.

Als er fertig war, waren weitere zwölf Minuten verstrichen. Die Super-Jupiter-Welt würde in gut zehn Minuten zünden, registrierte er nebenbei. Er berührte zum erstenmal die Steuerkontrollen der

Station und leitete einen Diagnosezyklus ein. Zum Glück waren alle Systeme in Ordnung.

Data konnte die Station nun steuern; das einzige Problem waren die Schubdüsen. Wie er während seines Weltraumspaziergangs gesehen hatte, funktionierten sie nur sporadisch.

Kurz darauf bekam der Androide auf seinem Kontrollpult eine Bestätigung für diese Tatsache – zumindest, was die Steuerborddüsen betraf. Die auf der Backbordseite waren anscheinend noch voll funktionsfähig.

Er aktivierte die Backborddüsen und begann damit, die fremde Raumstation aus dem Asteroiden zurückzuziehen, mit dem sie kollidiert war. Da die vorderen Teile der Station sich tief in den Asteroiden gebohrt hatten, war dies nicht ganz einfach. Doch mit einem sanften Schub hier und da gelang es ihm.

Es grenzte fast an ein Wunder, daß keine Hüllenbrüche aufgetreten waren. Obwohl die Außenhaut der Station an einigen Stellen eingedrückt worden war, war sie nicht gerissen.

Der nächste Schritt bestand darin, die Station aus dem Asteroidengürtel zu steuern. Diese Aufgabe war schon wesentlich komplizierter. Einige Asteroiden befanden sich so dicht nebeneinander, daß Data kaum Spielraum für mögliche Fehler blieb. Doch irgendwie fand er eine Möglichkeit, die Station auch durch die winzigste Öffnung zu navigieren.

Er hatte das Asteroidenfeld fast schon hinter sich gelassen, als er sich dem bislang schmalsten Zwischenraum näherte. Den Berechnungen des

Androiden zufolge blieben ihm auf beiden Seiten nur wenige Meter Platz. Er beugte sich etwas näher zu dem Monitor vor ihm und konzentrierte sich auf die Kurskorrekturen, die er vornehmen mußte, um die Station durch die Lücke zu bringen.

Dann betätigte er die Backborddüsen – die einzigen, auf die er sich verlassen konnte – und flog los. Die Station befand sich auf halber Strecke zwischen den beiden Asteroiden, als er hinter sich einen lauten Knall und dann ein Kreischen wie von verbogenem Metall hörte.

Data gestattete sich einen raschen Blick über die Schulter und stellte fest, daß drei der Außerirdischen, die er in den Nebenraum gelegt hatte, sich in Echsenwesen zurückverwandelt hatten. Und er hatte ihre Kraft unterschätzt, denn es war ihnen gelungen, die Tür aufzubrechen, die er verschweißt hatte.

Der Androide wagte es nicht, den Geschöpfen noch mehr Aufmerksamkeit zukommen zu lassen, denn dann wäre er Gefahr gelaufen, die Station zu beschädigen oder – noch schlimmer – so zwischen den Asteroiden einzuklemmen, daß er sie nicht mehr freibekommen würde.

Als das erste Echsenwesen also versuchte, ihm den Kopf abzureißen, packte er es am Handgelenk und schleuderte es gegen eine andere Kontrollkonsole, ohne den Blick von dem Monitor zu wenden.

Und als eine Sekunde später das zweite seinen Arm umklammerte, versetzte er ihm mit aller Kraft, die er aufbringen konnte, einen Schlag mit dem Handrücken. Dem Geräusch nach zu urteilen, schlitterte das Wesen über den Boden des Operationszentrums. Doch Data wandte sich nicht von dem Bildschirm ab.

Auch als das dritte ihn ansprang und die Zähnen in seinen künstlichen Nacken schlug, zuckte er nicht einmal zusammen. Er zwängte einfach die Kiefer des Geschöpfs auf und drückte es gegen einen Teil der Konsole, den er nicht benutzte.

Das Echsenwesen zischte und zerrte an Datas Hand, versuchte, sich zu befreien. Aber er durfte es nicht loslassen. Die Station hatte den Asteroidengürtel fast hinter sich gelassen.

Der Androide wußte, daß das Geschöpf jeden Augenblick sein neurales Netz mit einer elektrischen Entladung zerstören konnte. Doch er war entschlossen, sich diesem Risiko auszusetzen, da er sein Manöver nur so vollenden konnte.

Einer der Kegel auf der Außenhülle der Station schrammte an dem Asteroiden auf der Backbordseite vorbei und erzeugte eine so heftige Vibration, daß sie selbst noch im Operationszentrum wahrzunehmen war. Data biß die Zähne zusammen und drehte die fremde Raumstation um drei Grad – was gerade ausreichte, um einen weiteren derartigen Zwischenfall zu vermeiden.

Die Echse, die er festhielt, zuckte und fauchte, zerrte mit den Füßen wie auch den Händen an ihm und zerfetzte, was von seinem Schutzanzug übriggeblieben war. Auch ein Großteil der Akademie-Uniform darunter mußte dran glauben. Doch der Androide ignorierte das Geschöpf auch weiterhin. Und einen Augenblick später wurde er belohnt, als die Station sich endgültig aus dem Asteroidengürtel löste.

Nun kam die *Republic* in Sicht, die direkt vor dem Gürtel schwebte; ihre Hülle schimmerte im gespenstischen Licht der unmittelbar bevorstehenden Zündung. Zweifellos würde der Captain sich freuen, den Rückzug der Station zu beobachten.

Endlich konnte Data seine Aufmerksamkeit auf das Echsenwesen richten. Er richtete sich auf, hob es hoch, nahm den Phaser aus dem baumelnden Stück Stoff, das eine Tasche gewesen war, und schoß aus nächster Nähe. Das Geschöpf erschlaffte in seinem Griff.

Er legte die Echse so sanft wie möglich auf den Boden und widmete sich wieder den Pflichten eines Piloten. Da der Asteroidengürtel nun endlich hinter ihm lag, beschleunigte er auf Höchstgeschwindigkeit, während er auf den offenen Raum zuhielt.

Gleichzeitig holte er den Tricorder hervor und stellte fest, wieviel Zeit noch bis zum Zusammenprall der Super-Jupiter-Welten blieb. Wäre er ein Mensch gewesen, hätte er bestimmt nach Atem gerungen.

Achtunddreißig Sekunden.

Data berechnete, wie weit die Station fliegen mußte, um den Wirkungen der Zündung zu entgehen. Da eine Hälfte der Schubdüsen nicht funktionsfähig war, würde es knapp werden. *Zu* knapp. Im Gegensatz zur *Republic* war die fremde Station nicht auf Schnelligkeit ausgerichtet. Höchstwahrscheinlich war sie von irgendeinem Raumschlepper über die interstellaren Entfernungen transportiert worden.

Andererseits, überlegte der Androide, blieb ihm vielleicht doch noch ein gewisser Spielraum. Seine Untersuchung der fremden Triebwerkstechnik hatte ergeben, daß er die Geschwindigkeit der Station erhöhen konnte, indem er den Plasmafluß wiederaufbereitete, der der Station ihren Schub gab.

Augenblicklich machte er sich an die Arbeit. Als er aufschaute, zeigten die Monitore eine Erhöhung der Geschwindigkeit an. Sie war groß genug, schätzte er, daß sämtliche Wesen, die sich an Bord der Station befanden, die Planetenzündung überlebten – zumindest theoretisch.

Es blieben nur noch sechsundzwanzig Sekunden, bis die Super-Jupiter-Welt zu einem Feuerball werden würde, zu einer neuen Sonne. Und Data konnte nun nur noch beobachten… und hoffen, daß seine Anstrengungen nicht umsonst gewesen waren.

Zwanzig Sekunden.

Der Asteroidengürtel war in der Ferne kaum noch auszumachen. Die *Republic* flog nun parallel zu der Station.

Fünfzehn Sekunden.

Der Androide betrachtete die drei Echsenwesen, die ihn angegriffen hatten. Zum Glück waren sie noch bewußtlos. Keiner der Außerirdischen im Nebenraum schien zur Zeit eine Metamorphose zu vollziehen, so daß von dort in unmittelbarer Zukunft keine Gefahr drohte.

Zehn Sekunden.

Er berührte den Kommunikator auf seiner Brust. »Hier spricht Kadett Data«, sagte er. »An alle Starfleet-Angehörigen, die noch leben. Bitte halten Sie sich fest und bereiten sich auf die Schockwelle der Zündung der Super-Jupiter-Welten vor.«

Fünf Sekunden.

Vier.

Drei.

Zwei.

Eine.

11

Als die größere Super-Jupiter-Welt mit ihrem kleineren Begleiter kollidierte, fühlte der Androide, wie der Boden unter seinen Füßen erzitterte – ein Beben, das klein anfing und an Intensität zuzunehmen schien, bis es so gewaltig und unwiderstehlich wurde, daß er überzeugt war, die Station würde davon zerrissen werden.

Aber dieser Eindruck war falsch. Irgendwie hielt das außerirdische Gebilde zusammen, überstand einen Sturm von einer Größe, den seine Erbauer wahrscheinlich nie in Betracht gezogen hatten.

Als Data im Operationszentrum auf den hinteren Monitor schaute, sah er Wellen von unglaublich bunter Pracht, die beim Zusammenstoß der Gasriesen ausgestoßen wurden. Mehrere Minuten lang geschah sonst nichts.

Dann, wie durch Zauberei, strahlte die kombinierte Masse der beiden Planeten plötzlich ein so reines, so blendendes Licht aus, daß nicht einmal die künstlichen Augen des Androiden den Anblick ertragen konnten. Und als es nur ein paar Sekunden später wieder erlosch, war aus dem Vorgang eine selbsterhaltende Fusion geworden.

Mit anderen Worten, ein Stern.

Ein neuer Himmelskörper war entstanden, überlegte Data. Ein neuer Nadelstich der Helligkeit im

Nachthimmel. Und er war dabeigewesen und Zeuge des Vorgangs geworden.

Abrupt wurde seine Träumerei beendet – durch den Klang einer menschlichen Stimme. »Hier spricht das Föderationsraumschiff *Republic*«, sagte diese Stimme. »Wir rufen die nichtidentifizierte Station. Bitte melden Sie sich.«

Der Androide erkannte die Stimme als die des Kommunikationsoffiziers der *Republic.* Da die Station nun nicht mehr von der im Asteroidengürtel auftretenden Strahlung beeinträchtigt wurde, waren Gespräche anscheinend wieder möglich. Er berührte seinen Kommunikator und antwortete.

»Hier ist die nichtidentifizierte Station«, sagte er. »Kadett Data spricht aus dem Operationszentrum.«

»Data?« platzte eine andere Stimme heraus, die er als die von Captain Clark zu erkennen glaubte. »Sind *Sie* das?« fragte die Frau.

Der Androide bestätigte, daß *er* es in der Tat war.

»Wie sieht die Situation da drüben aus?« fragte der Captain. »Wo ist Commander Sierra? Und Dr. Steinberg?«

»Wegen der Strahlung, die die Station durchdrungen hat«, erwiderte Data, »konnte ich mit Commander Sierra nicht mehr kommunizieren, seit wir an Bord kamen. Und Dr. Steinberg braucht ärztliche Hilfe, wenngleich ihr Zustand stabil zu sein schien, als ich sie zum letztenmal gesehen habe.«

Am anderen Ende der Verbindung folgte eine Pause. »Sie ist verletzt?« fragte Clark dann. »Wie ist das passiert?«

Der Androide erzählte ihr alles … von den Beben

und den Echsenwesen und dem Hangeln an der Außenhülle des Schiffes entlang. Und von Kadett Glen Majors, den Sinna noch immer mit Hilfe eines Phasers in Schach hielt, soweit Data wußte. Er berichtete alles, was der Captain seiner Meinung nach wissen mußte, wobei er bedachte, daß Captains es bevorzugten, daß man sie kurz und knapp informierte.

»Bleiben Sie, wo Sie sind«, sagte Clark zu ihm, als er fertig war. »Nun, da wir den Asteroidengürtel verlassen haben, kann ich weitere Teams hinüberschicken, die die Ordnung wiederherstellen können. Und machen Sie sich keine Sorgen um Dr. Steinberg. Wir werden sie umgehend auf die Krankenstation beamen.«

Der Captain hielt Wort. Data hatte kaum damit begonnen, ihr zu erklären, daß er sich um die Ärztin keine Sorgen machte, weil er gar nicht *imstande* war, sich Sorgen zu machen, als schon zwei Offiziere im Operationszentrum der Fremden materialisierten, beide mit Handphasern bewaffnet.

Der Transportvorgang war kaum beendet, als die Offiziere auch schon die beschädigte Tür zum Nebenraum und die bewußtlosen Echsenwesen auf dem Boden bemerkten. Sie sahen den Androiden an.

»Sind *Sie* für dieses Durcheinander verantwortlich?« fragte einer von ihnen.

Data dachte an all die Echsenwesen, die er während seines Aufenthalts auf der Station betäubt hatte. »Ja«, sagte er. »Dafür und noch für *viel* mehr.«

Nachdem sie den Asteroidenschwarm verlassen hatten, nahmen die Echsenwesen allmählich ihre ursprüngliche Form wieder an. Gemäß der voll wiederhergestellten Dr. Steinberg funktionierten die Drüsen wieder, die die Metamorphose der Fremdwesen verhinderten, nachdem die Strahlung, die sie unbrauchbar gemacht hatte, nicht mehr vorhanden war.

Überdies waren die Aliens – die sich Umiiga nannten – der *Republic* für die Hilfe bei ihrer Rettung so dankbar, daß sie anboten, der Föderation ihre technischen Errungenschaften zur Verfügung zu stellen. Captain Clark schlug vor, daß sie sich zuerst um die Mitgliedschaft bewerben sollten, ein Angebot, daß die Umiiga in Betracht zu ziehen versprachen.

Was Commander Sierra betraf, so schien es seiner Gruppe etwas besser ergangen zu sein als der von Dr. Steinberg. Der Erste Offizier war ebenfalls auf zahlreiche Echsenwesen gestoßen, doch seine Leute hatten ernsthafte Verletzungen vermeiden können. Offensichtlich waren sie, als die Zeit für die Station allmählich knapp wurde, ebenfalls auf dem Weg zum Operationszentrum gewesen, doch Data hatte es vor ihnen erreicht.

Der Androide dachte über diese Information nach, während die Tür des Turbolifts sich öffnete und er auf die Brücke der *Republic* trat, dicht gefolgt von seiner Freundin Sinna und Kadett Petros. Einige Brückenoffiziere grinsten ihnen zu, als sie zum Bereitschaftsraum des Captains gingen.

Sie blieben stehen und warteten, daß die Tür sich öffnete. Dann traten sie nacheinander ein und standen vor Captain Clark stramm, die hinter ihrem Schreibtisch saß und sich auf den Monitor konzentrierte, der ihn beherrschte. Es dauerte einen Augenblick, bis der Captain aufschaute und die Kadetten der Reihe nach betrachtete.

»Ich würde Sie bitten, sich Stühle heranzuziehen«, sagte Clark zu ihnen, »aber dieser Raum verfügt nicht über genügend, daß Sie alle Platz nehmen könnten.«

Doch wenn der Captain sie tatsächlich gebeten hätte, »einen Stuhl heranzuziehen«, überlegte Data, wäre er immerhin so klug gewesen, sie nicht wörtlich zu nehmen. Zumindest hatte er während sei-

nes kurzen Aufenthalts auf der Akademie schon *etwas* gelernt.

Clark beugte sich vor. »Ich werde es kurz machen«, sagte sie. »Was Sie auf dieser Station getan haben, war schlicht und einfach brillant. Und überdies war Mut dafür erforderlich.« Sie wandte sich direkt an den Androiden. »Ich weiß, Sie werden abstreiten, Mut zeigen zu können, Mr. Data, aber ich bin anderer Meinung. Und da ich derzeit Ihr befehlshabender Offizier bin, würde ich es mir an Ihrer Stelle zweimal überlegen, mir zu widersprechen.«

Da man dem Androiden untersagt hatte, seine Meinung zu äußern, schwieg er. Der Captain lächelte ihm zu.

»Ein kluger Zug«, sagte sie.

Einen Augenblick später änderte sich ihr Gesichtsausdruck. Es war, als wäre ein Schatten über ihre Züge gefallen, dachte Data.

»Leider«, fuhr sie fort, »haben nicht alle Mitglieder Ihres Außenteams die Qualitäten gezeigt, die ich bei einem Starfleet-Kandidaten vorzufinden erwarte. Ich glaube, Sie wissen, von wem ich spreche.«

Nur der Ordnung halber nannte Sinna seinen Namen. »Kadett Majors, Sir.«

Der Captain nickte. »Ja. Man wird ihn für das, was er sich auf der Station geleistet hat, zur Verantwortung ziehen. Wahrscheinlich wird man ihn der Akademie verweisen, sobald wir zur Erde zurückgekehrt sind.« Clark seufzte. »Wirklich sehr schade. Er war der vielversprechendste Kadett, den wir seit Jahren hatten. Alle haben große Dinge von ihm erwartet, mich selbst eingeschlossen.«

Der Androide schaute Captain Clark an. »Sir, ist es möglich, daß Kadett Majors seine Laufbahn doch noch fortsetzen kann? Wenn man ihm vielleicht eine zweite Chance gibt...«

Clark räusperte sich. »Sind Sie absolut *sicher*, daß Sie kein Mensch sind, Data? Wüßte ich es nicht besser, würde ich sagen, daß sich bei Ihnen gerade Gefühle gezeigt haben.«

»Ich habe nicht aus einer gefühlsmäßigen Perspektive gesprochen«, erwiderte der Androide. »Ich habe nur gehofft, Starfleet den Verlust eines vielversprechenden zukünftigen Angehörigen ersparen zu können.«

Das stellte das Lächeln auf dem Gesicht des Captain wieder her. »Wir werden sehen«, sagte sie. »Auf jeden Fall wird diese Entscheidung nicht von uns zu treffen sein.«

»Eines verwirrt mich, Sir«, warf Sinna ein. »Data mußte zahlreiche weitere Echsen berühren. Warum hat er von ihnen keinen zweiten Stromschlag erhalten?«

»Gute Frage«, erwiderte Clark. »Zufällig habe ich vor kurzem die Antwort darauf in Erfahrung gebracht. Es hat sich herausgestellt, daß nur die männlichen Umiiga so einen Stromstoß austeilen können. Und bei den Umiiga gibt es zehnmal so viele weibliche als männliche Wesen.«

Die Yanna nickte. »Das klingt logisch. Vielen Dank, Sir.«

Der Captain lächelte. »Gern geschehen.« Clark lächelte noch einen Augenblick länger. Dann entließ sie die drei Kadetten mit einer Handbewegung.

»Wegtreten«, sagte sie zu ihnen. »Verschwinden Sie von hier. Wegen Ihnen bin ich jetzt bis zur Rückkehr in den Erdorbit mit Berichten beschäftigt.«

Ohne weiteres Aufhebens machten Data und seine Begleiter kehrt und verließen den Bereitschaftsraum. Als sie über die Brücke gingen, bemerkte der Androide erneut, daß die Offiziere sie angrinsten. *Anerkennend,* dachte er.

Commander Sierra drehte sich auf seinem Stuhl um. »Machen Sie weiter so «, sagte er zu ihnen. »Wenn einer von Ihnen eine Position auf einem guten Schiff braucht, müssen Sie sich nur melden.«

»Danke«, sagte Data. Auch Sinna und Petros brachten ihre Dankbarkeit zum Ausdruck.

Als der Androide die beiden anderen Kadetten in den Turbolift führte, stellte er fest, daß seine Haltung sich irgendwie verändert hatte. Er schien das viele Lob nun durch seinen Schritt zum Ausdruck zu bringen – als hätte er es irgendwie verdient. Und als sei er davon überzeugt, sich ihr Lob auch in Zukunft verdienen zu können.

Könnte das Selbstvertrauen sein? fragte er sich.

Petros begleitete sie bis zum fünften Deck, auf dem sich ihr Quartier befand. Datas Quartier – wie auch das Sinnas – befand sich auf dem siebenten Deck.

Als die Lifttür sich schloß, schaute die Yanna hoch und lächelte dem Androiden verkniffen zu. »Ich habe es dir doch gesagt«, erklärte sie.

Data hielt den Kopf schief. »Ich verstehe nicht.«

»Das mit Kadett Majors«, erklärte sie. »Ich habe

dir gesagt, er sei es nicht wert, daß du ihn dir zum Vorbild nimmst.«

»Ja«, pflichtete der Androide ihr bei. »Das hast du.« Er dachte darüber nach. »Anscheinend war ich nicht sehr scharfsinnig, als es um Kadett Majors ging.«

»Schon in Ordnung«, sagte Sinna, und ihr Grinsen wurde breiter. »Im Gegensatz zu Professor Pritchard bin ich der Ansicht, daß wir *alle* Fehler machen.«

Data mußte sich eingestehen, daß seine Freundin recht hatte. Doch er wollte unbedingt versuchen, im Lauf der Zeit immer *weniger* zu machen.

STAR TREK™

in der Reihe
HEYNE SCIENCE FICTION & FANTASY

STAR TREK: CLASSIC SERIE

Vonda N. McIntyre, Star Trek II: Der Zorn des Khan · 06/3971
Vonda N. McIntyre, Der Entropie-Effekt · 06/3988
Robert E. Vardeman, Das Klingonen-Gambit · 06/4035
Lee Correy, Hort des Lebens · 06/4083
Vonda N. McIntyre, Star Trek III: Auf der Suche nach Mr. Spock · 06/4181
S. M. Murdock, Das Netz der Romulaner · 06/4209
Sonni Cooper, Schwarzes Feuer · 06/4270
Robert E. Vardeman, Meuterei auf der Enterprise · 06/4285
Howard Weinstein, Die Macht der Krone · 06/4342
Sondra Marshak & Myrna Culbreath, Das Prometheus-Projekt · 06/4379
Sondra Marshak & Myrna Culbreath, Tödliches Dreieck · 06/4411
A. C. Crispin, Sohn der Vergangenheit · 06/4431
Diane Duane, Der verwundete Himmel · 06/4458
David Dvorkin, Die Trellisane-Konfrontation · 06/4474
Vonda N. McIntyre, Star Trek IV: Zurück in die Gegenwart · 06/4486
Greg Bear, Corona · 06/4499
John M. Ford, Der letzte Schachzug · 06/4528
Diane Duane, Der Feind – mein Verbündeter · 06/4535
Melinda Snodgrass, Die Tränen der Sänger · 06/4551
Jean Lorrah, Mord an der Vulkan Akademie · 06/4568
Janet Kagan, Uhuras Lied · 06/4605
Laurence Yep, Herr der Schatten · 06/4627
Barbara Hambly, Ishmael · 06/4662
J. M. Dillard, Star Trek V: Am Rande des Universums · 06/4682
Della van Hise, Zeit zu töten · 06/4698
Margaret Wander Bonanno, Geiseln für den Frieden · 06/4724
Majliss Larson, Das Faustpfand der Klingonen · 06/4741
J. M. Dillard, Bewußtseinsschatten · 06/4762
Brad Ferguson, Krise auf Centaurus · 06/4776
Diane Carey, Das Schlachtschiff · 06/4804
J. M. Dillard, Dämonen · 06/4819
Diane Duane, Spocks Welt · 06/4830
Diane Carey, Der Verräter · 06/4848
Gene DeWeese, Zwischen den Fronten · 06/4862
J. M. Dillard, Die verlorenen Jahre · 06/4869

STAR TREK™

Howard Weinstein, Akkalla · 06/4879
Carmen Carter, McCoys Träume · 06/4898
Diane Duane & Peter Norwood, Die Romulaner · 06/4907
John M. Ford, Was kostet dieser Planet? · 06/4922
J. M. Dillard, Blutdurst · 06/4929
Gene Roddenberry, Star Trek (I): Der Film · 06/4942
J. M. Dillard, Star Trek VI: Das unentdeckte Land · 06/4943
David Dvorkin, Die Zeitfalle · 06/4996
Barbara Paul, Das Drei-Minuten-Universum · 06/5005
Judith & Garfield Reeves-Stevens, Das Zentralgehirn · 06/5015
Gene DeWeese, Nexus · 06/5019
D. C. Fontana, Vulkans Ruhm · 06/5043
Judith & Garfield Reeves-Stevens, Die erste Direktive · 06/5051
Michael Jan Friedman, Das Doppelgänger-Komplott · 06/5067
Judy Klass, Der Boacozwischenfall · 06/5086
Julia Ecklar, Kobayashi Maru · 06/5103
Peter Norwood, Angriff auf Dekkanar · 06/5147
Carolyn Clowes, Das Pandora-Prinzip · 06/5167
Diana Duane, Die Befehle des Doktors · 06/5247
V. E. Mitchell, Der unsichtbare Gegner · 06/5248
Dana Kramer-Rolls, Der Prüfstein ihrer Vergangenheit · 06/5273
Michael Jan Friedman, Schatten auf der Sonne · 06/5179
Barbara Hambly, Der Kampf ums nackte Überleben · 06/5334
Brad Ferguson, Eine Flagge voller Sterne · 06/5349
Gene DeWeese, Die Kolonie der Abtrünnigen · 06/5375
Michael Jan Friedman, Späte Rache · 06/5412
Peter David, Der Riß im Kontinuum · 06/5464
Michael Jan Friedman, Gesichter aus Feuer · 06/5465
Peter David/Michael Jan Friedman/Robert Greenberger, Die Enterbten · 06/5466
L. A. Graf, Die Eisfalle · 06/5467

STAR TREK: THE NEXT GENERATION
David Gerrold, Mission Farpoint · 06/4589
Gene DeWeese, Die Friedenswächter · 06/4646
Carmen Carter, Die Kinder von Hamlin · 06/4685
Jean Lorrah, Überlebende · 06/4705
Peter David, Planet der Waffen · 06/4733
Diane Carey, Gespensterschiff · 06/4757
Howard Weinstein, Macht Hunger · 06/4771

STAR TREK™

John Vornholt, Masken · 06/4787
David & Daniel Dvorkin, Die Ehre des Captain · 06/4793
Michael Jan Friedman, Ein Ruf in die Dunkelheit · 06/4814
Peter David, Eine Hölle namens Paradies · 06/4837
Jean Lorrah, Metamorphose · 06/4856
Keith Sharee, Gullivers Flüchtlinge · 06/4889
Carmen Carter u. a., Planet des Untergangs · 06/4899
A. C. Crispin, Die Augen der Betrachter · 06/4914
Howard Weinstein, Im Exil · 06/4937
Michael Jan Friedman, Das verschwundene Juwel · 06/4958
John Vornholt, Kontamination · 06/4986
Mel Gilden, Baldwins Entdeckungen · 06/5024
Peter David, Vendetta · 06/5057
Peter David, Eine Lektion in Liebe · 06/5077
Howard Weinstein, Die Macht der Former · 06/5096
Michael Jan Friedman, Wieder vereint · 06/5142
T. L. Mancour, Spartacus · 06/5158
Bill McCay/Eloise Flood, Ketten der Gewalt · 06/5242
V. E. Mitchell, Die Jarada · 06/5279
John Vornholt, Kriegstrommeln · 06/5312
Laurell K. Hamilton, Nacht über Oriana · 06/5342
David Bischoff, Die Epidemie · 06/5356
Diane Carey, Abstieg · 06/5416
Michael Jan Friedman, Relikte · 06/5419
Michael Jan Friedman, Die Verurteilung · 06/5444
Simon Hawke, Die Beute der Romulaner · 06/5413
Rebecca Neason, Der Kronprinz · 06/5414

STAR TREK: DIE ANFÄNGE
Vonda N. McIntyre, Die erste Mission · 06/4619
Margaret Wander Bonanno, Fremde vom Himmel · 06/4669
Diane Carey, Die letzte Grenze · 06/4714

STAR TREK: DEEP SPACE NINE
J. M. Dillard, Botschafter · 06/5115
Peter David, Die Belagerung · 06/5129
K. W. Jeter, Die Station der Cardassianer · 06/5130
Sandy Schofield, Das große Spiel · 06/5187
Lois Tilton, Verrat · 06/5323
Diane Carey, Die Suche · 06/5432

STAR TREK™

Esther Friesner, Kriegskind · 06/5430
Melissa Scott, Der Pirat · 06/5434
Nathan Archer, Walhalla · 06/5512

STAR TREK: STARFLEET KADETTEN
John Vornholt, Generationen · 06/6501
Peter David, Worfs erstes Abenteuer · 06/6502
Peter David, Mission auf Dantar · 06/6503
Peter David, Überleben · 06/6504
Brad Strickland, Das Sternengespenst · 06/6505
Brad Strickland, In den Wüsten von Bajor · 06/6506
John Peel, Freiheitskämpfer · 06/6507
Mel Gilden & Ted Pedersen, Das Schoßtierchen · 06/6508
John Vornholt, Erobert die Flagge! · 06/6509
V. E. Mitchell, Die Atlantis Station · 06/6510
Michael Jan Friedman, Die verschwundene Besatzung · 06/6511
Michael Jan Friedman, Das Echsenvolk · 06/6512

STAR TREK: VOYAGER
L. A. Graf, Der Beschützer · 06/5401
Peter David, Die Flucht · 06/5402
Nathan Archer, Ragnarök · 06/5403
Susan Wright, Verletzungen · 06/5404
John Betancourt, Der Arbuk-Zwischenfall · 06/5405

DAS STAR TREK-UNIVERSUM, 2 Bde.,
überarbeitete und aktualisierte Neuausgabe!
von *Ralph Sander* · 06/5150

DAS STAR TREK-UNIVERSUM, Ergänzungsband
von *Ralph Sander* · 06/5151

William Shatner/Chris Kreski, Star Trek Erinnerungen · 06/5188
William Shatner/Chris Kreski, Star Trek Erinnerungen: Die Filme · 06/5450

Phil Farrand, Cap'n Beckmessers Führer durch STAR TREK – DIE NÄCHSTE GENERATION · 06/5199
Phil Farrand, Cap'n Beckmessers Führer durch STAR TREK – DIE CLASSIC SERIE · 06/5451

Diese Liste ist eine Bibliographie erschienener Titel
KEIN VERZEICHNIS LIEFERBARER BÜCHER!